Edgar Wallace

Nacherzählt von Alex Barclay

Das Silberne Dreieck

Band 6: Der wirkliche Mr. Drake

Edgar Wallace

Nacherzählt
von Alex Barclay

Das Silberne Dreieck
und
Der wirkliche Mr. Drake

C. Bertelsmann Jugendbuch

Einbandgestaltung: Klaus Renner unter Verwendung
einer Illustration von Charlotte Panowsky
Gesamtherstellung: Mohndruck Graphische Betriebe GmbH, Gütersloh
ISBN 3-570-08356-X · Printed in Germany

1. Kapitel
Anruf vor Mitternacht

Da es auf dem Hof von Cornelius Malan kein Telefon gab, entschied sich Leonora, bei Dunkelheit ins Dorf zu laufen und von dort aus anzurufen. Einmal gefaßt, ließ ihr der Entschluß keine Ruhe mehr. Den ganzen Tag dachte sie daran, fast jede Minute, jeden Augenblick. Sie versuchte, ihre innere Angst loszuwerden, indem sie sich einredete, daß alles gar nicht so schlimm war. Sie nahm sich vor, besonders vorsichtig zu sein und den günstigsten Augenblick abzuwarten. Aber dann dachte sie wieder daran, daß Brixton bellen würde, wenn sie an der Scheune vorbeilief.

Brixton war ein schottischer Schäferhund mit blauschwarzem Fell und bernsteinfarbenen Augen. Falls er gewußt hätte, warum sie in dieser Nacht noch unbedingt ins Dorf mußte, hätte er keinen Laut von sich gegeben. Aber sie konnte ihm ja nichts erklären. Sie konnte niemandem etwas von ihrer Absicht erzählen, nicht einmal Onkel Roos, der todkrank im Bett lag.

Onkel Roos würde sterben, wenn es ihr nicht gelang, ungesehen ins Dorf zu gelangen und dort in der öffentlichen Telefonzelle hinter dem Gasthaus zu telefonieren. Dieser Anruf war ihre letzte Hoffnung.

Den ganzen Tag hindurch verrichtete sie wie üblich ihre Arbeiten auf dem Hof. Sie molk die Kühe früh am Morgen, lange bevor sich die nebelige Dämmerung von den Hügeln her über der kahlen Ebene ausbreitete. Dann machte sie Frühstück für alle, auch für die beiden Tagelöhner, die im Schuppen ihr Lager hatten. Als alle, bis auf Onkel Roos natürlich, aus dem Haus waren, entfachte sie unter dem großen Wäschezuber das Feuer. Bis Mittag blieb sie in dem kleinen Waschküchenanbau, durch dessen verwitterte Bretterwände der kalte Novemberwind pfiff. Mittagessen. Am Nachmittag strickte sie drei Stunden lang an einer Wollweste für Onkel Roos, obwohl er sie wahrscheinlich nie mehr tragen würde. Dann holte sie Holz von draußen herein und schichtete es in der Küche neben dem alten Herd auf. Die beiden Tagelöhner arbeiteten im Wald. Man konnte die Axtschläge hören, mit denen sie einige Bäume fällten, die Cornelius Malan gekennzeichnet hatte. Feuerholz für den bevorstehenden Winter, von dem man sagte, daß er einer der längsten und härtesten des Jahrhunderts werden würde.

Gegen Abend kam Cornelius Malan aus dem Dorf zurück. Er war schlecht gelaunt. Solange sie sich zurückerinnern konnte, war er fast immer schlecht gelaunt gewesen. Für sie war er nie etwas anderes gewesen als ein finsterer, menschenfeindlicher Eigenbrötler, ein Mann, der sich selbst zur Last fiel. Heute trat er nach Brixton, als dieser wedelnd auf ihn zulief. Dann schimpfte er mit den beiden Tagelöhnern, weil sie nach seiner Ansicht zu früh mit der Arbeit aufgehört hatten. »Es wird erst in einer halben Stunde dunkel!« hörte sie ihn lärmen. »Und es ist abgemacht, daß von Tagesanbruch an gearbeitet wird, bis es dunkel ist! Die halbe Stunde, die ihr versäumt habt, werde ich euch vom Lohn abziehen!«

Die beiden Tagelöhner wagten es nicht, ihm zu widersprechen. Sie konnten froh sein, daß er ihnen Arbeit gab. Es waren schlechte Zeiten. Und es wurde jetzt schnell Winter in den Hügeln südwestlich von London.

Brixton hatte sich in seiner Hütte verkrochen, und die beiden Tagelöhner gingen in das Bretterhäuschen, wo sie sich waschen konnten. Mit kaltem Wasser. Und selbstgemachter Schmierseife aus Aschenlauge.

So war das auf dem Hof von Cornelius Malan. Es wurde hart gearbeitet. Und gespart. Das war schon immer so gewesen. Schon zu den Zeiten, als Cornelius und Roos Malan noch jeder einen eigenen Hof bewirtschafteten. Aber das war lange her. Jetzt war Roos krank. Sterbenskrank.

Cornelius Malan stampfte in die Küche, warf seinen dikken Mantel über einen Stuhl, nahm den Hut von seinem mächtigen Schädel und setzte sich hin.

»Hilf mir mal mit den Stiefeln, Leonora!« befahl er, und sie half ihm, seine dreckbehangenen, klotzigen Lederstiefel auszuziehen.

»Wie geht es Roos?« fragte er. »Hast du gut für ihn gesorgt?«

»Es steht schlecht um ihn«, sagte Leonora. Sie stellte die Stiefel draußen vor die Tür. Nach dem Abendessen würde sie hinausgehen und sie saubermachen. Blitzblank, frisch eingefettet und auf Hochglanz poliert – so verlangte er es. Jeden Morgen wollte er seine Stiefel sauber und auf Hochglanz poliert haben, aber wenn er hinausging, achtete er nicht darauf, wo er hintrat; in Pfützen, in Pferdeäpfel oder in die nasse Lehmerde am Wegrand.

»Roos ist ein zäher alter Bursche«, sagte er und ging zum Eckschrank. Er hatte einen Schlüssel für das untere Fach, in dem er seinen Gin aufbewahrte. Und jeden Abend trank er ein wenig davon. Nie mehr als einen Schluck oder zwei.

»Hier«, sagte er. »Trink einen mit!« Er schob ihr auf dem Küchentisch ein Glas zu, aber sie wehrte ab. »Nein danke, ich will mich lieber um das Abendessen kümmern.«

»Wie du willst«, murrte er und füllte nur sein Glas. »Alt genug wärst du, um hin und wieder einen Schluck Gin zu trinken. Und schaden würde es dir auch nicht!«

Er setzte sich auf die Bank beim Kachelofen. Sie wußte, daß er sie beobachtete, während sie sich am Herd und an der Anrichte zu schaffen machte. Sie spürte seine Blicke wie Feuer auf dem Rücken. Es war ein unbehagliches Gefühl, und sie ließ beinahe einen Kochtopf fallen, weil ihre Bewegungen so ungeschickt waren.

»Du denkst bestimmt, daß es meine Schuld ist, nicht wahr?« fragte er plötzlich.

Leonora konnte nicht verhindern, daß sie zusammenzuckte. Schnell fing sie an, Kartoffeln zu schälen. Minuten verstrichen. Draußen wurde es dunkel. Er stand auf und ging hinaus, um die Laterne vor der Haustür anzuzünden. Drüben im Schuppen brannte kein Licht. Er hatte es den Tagelöhnern nicht erlaubt, eine Petroleumlampe zu benützen, es sei denn, sie bezahlten für das Petroleum.

Er machte die Tür leise hinter sich zu und kam um den Tisch herum. Jetzt spürte sie seine Nähe. Er roch nach Tabak und nach Schweiß. Nach feuchten Kleidern. Er blieb so dicht hinter ihr stehen, daß sie seinen warmen Atem im Nacken spürte. Sie fröstelte.

»Ich habe heute Jones gesehen«, sagte er.

Sie schnitt sich mit dem Schälmesser. Nicht sehr, aber es blutete, und er sah es. Er lachte.

»Sachte, Mädchen«, sagte er. »Laß dich nur nicht aus der Ruhe bringen.« Er strich ihr mit den Fingern durch das lange Haar, lachte noch einmal und ging dann zurück zur Ofenbank. Dort setzte er sich und trank einen Schluck Gin. »Ich habe Jones gefragt, was er noch in dieser Gegend verloren hätte«, sagte er. »Und weißt du, was er mir darauf zur Antwort gegeben hat?«

Leonora schwieg. Sie leckte das Blut vom Finger und arbeitete weiter.

»Er hat gesagt, daß er dich eines Tages heiraten würde.«

Jetzt hob sie den Kopf. »War er betrunken?« fragte sie, ohne sich nach ihm umzusehen.

»Er stand an der Theke und trank Ale. Ob er betrunken war oder nicht, weiß ich nicht. Aber ich habe ihm gesagt, daß er sich zum Teufel scheren soll, bevor ich ihm das Kreuz breche.«

Jetzt klang seine Stimme rauh und hart. Sie brauchte sich nicht umzudrehen, sie kannte ihn gut genug, um sich vorzustellen, wie er jetzt aussah. Der kantige Schädel mit dem immer leicht geröteten Gesicht. Die gefährlichen Augen, in denen sich Mißtrauen spiegelte, und der Haß, der wie Feuer im Innern dieses Mannes glühte.

»Eines Tages werde ich ihm Beine machen«, sagte er. »Bildet sich ein, er könnte hier für Unfrieden sorgen, dieser dahergelaufene Strolch. Als ob wir auf solche Leute warteten.«

»Er war ein guter Feldarbeiter«, sagte Leonora. »Onkel Roos kam gut mit ihm zurecht.«

»Der kommt sogar mit dem Teufel gut zurecht«, stieß Cornelius Malan scharf hervor. »So war das schon früher. Immer kam er mit allen Leuten gut zurecht. Und dann haben sie ihn übers Ohr gehauen, haben ihn nach Strich und Faden betrogen, tanzten ihm auf dem Kopf herum, und er konnte sich nie dagegen wehren, weil er ein zu guter Mensch war.«

»Ist«, entfuhr es Leonora, und sie legte schnell die Hand vor den Mund, aber um das Wort zurückzuhalten, war es jetzt zu spät. Hinter ihr blieb es still. Sie hörte die Uhr tikken und ihr Herz schlagen.

Dann stand er auf und rückte den Stuhl hart zurück. Er ging zum Schrank und goß sich noch ein Glas voll. Das tat er sonst nie. Nicht einmal an einem Feiertag. Er trank nie mehr als ein Glas.

Leonora zerschnitt die Kartoffeln und tat sie ins Wasser. Dann blies sie mit dem Balg ins Herdfeuer.

»Natürlich lebt er noch«, sagte er plötzlich. »So leicht krepiert ein Malan nicht. Und Roos ist zäh wie ein Hanfstrick. Ich bin sicher, daß er wieder gesund wird.«

»Vielleicht sollte man einen Arzt herholen«, sagte Leonora halblaut.

»Blödsinn!« fuhr er auf. »Du weißt, was er von Ärzten hält. Die machen alles nur schlimmer. Wenn du nicht krank bist und du gehst zu 'nem Arzt, wirst du krank. Und wenn du krank bist und du gehst zu 'nem Arzt, krepierst du. So einfach ist das. Roos braucht keinen Arzt. Alles, was Roos braucht, ist ein Schluck Gin.«

Er nahm den Schnapskrug und ein Glas. Lachend verließ er die Küche. Sie hörte ihn den schmalen Flur entlang nach hinten gehen, wo die Schlafkammern waren. Er rief nach seinem Bruder Roos. Aber Roos gab ihm keine Antwort. Roos war schon beinahe tot, und jeden Tag starb er ein bißchen mehr.

Nachdem Leonora den beiden Tagelöhnern eine Schüssel mit Stew vorgesetzt hatte, gab sie Brixton einen Knochen und wechselte das Wasser in seinem Napf. Sie blieb eine Weile bei ihm, kauerte sich nieder und sah ihm zu, wie er zähnefletschend am Knochen nagte.

»Ich werde mich heute nacht davonschleichen«, flüsterte sie ihm zu. »Sei nur schön brav und weck mir nicht Onkel Cornelius auf.«

Manchmal schien es, als könnte er Menschen verstehen. Manchmal hatte er einen klugen Ausdruck in den Augen. Aber jetzt war er zu sehr mit dem Knochen beschäftigt, und so stand Leonora auf und ging ins Haus zurück.

Es war warm im Wohnzimmer. Sie setzte sich unter die Lampe und flickte die Wäsche von Cornelius Malan, der draußen im Stall beschäftigt war. Als er zurückkam, setzte er sich an den Kachelofen und las in einem Buch. Manchmal blickte er zu Leonora hinüber, aber sie sah nicht ein einziges Mal von ihrer Arbeit auf.

Gegen neun Uhr bereitete sie ihm warmes Wasser, damit er sich waschen konnte. Dies pflegte er in seinem Zimmer zu tun. Sie sah ihn danach nicht mehr, denn er ging früh zu Bett und schlief meistens sofort ein. Er hatte einen leichten Schlaf, das wußte sie. Wenn Brixton auch nur einen Laut von sich gab, wachte er auf. Einmal hatte er daraufhin mit seiner Schrotflinte einen wilden Hund niedergestreckt, der drüben beim Hühnerhaus herumstrich.

Leonora sah noch nach Roos. Er schlief. Sein eingefallenes Gesicht war wachsbleich. Die Haut schimmerte durchsichtig wie altes fleckiges Pergamentpapier. Er hatte den Mund halb geöffnet. Fäden zogen sich von seiner Oberlippe zur Unterlippe. Eingetrocknete Speichelfäden. Sein Atem ging rasselnd.

Sie legte ihre Hand gegen seine feuchte Stirn. Sie war kalt. »Ich werde nicht zulassen, daß er dich umbringt, Onkel Roos«, flüsterte sie mit angehaltenem Atem. »Du mußt nur ausharren, hörst du. Du mußt nur noch einige Tage ausharren.«

Roos Malan regte sich nicht.

Vor der Finsternis fürchtete sie sich nicht. Auch nicht vor dem Nebel, der sich über der Ebene bis zu den Hügeln hin ausgebreitet hatte. Der Wind bewegte ihn, wehte ihn zu hauchdünnen Schleiern auf, die sich schwebend in geisterhafte Gestalten verwandelten.

Leonora blickte aus dem Fenster zu den Hügeln hinüber, die sich wie Buckel riesiger Urwelttiere aus dem Grau hoben, dunkel, jetzt mit Stoppeln bedeckt, wo sie bebaut waren.

Im Hof war alles still. Brixton hatte sich satt gefressen. Jetzt schlief er. Normalerweise gab sie ihm am Abend nie zu fressen. Cornelius Malan wollte es nicht. Weil vollgefressene Hunde schlechte Wächter waren. So kriegte Brixton sein Futter jeweils morgens.

Leonora hatte den Mantel längst angezogen. Es war kalt draußen, und die Kälte drang durch die Backsteinwände in das Wohnhaus. Eigentlich war es nur in der Küche noch warm, aber bis zum Morgen würde auch das Feuer im Kachelofen aus sein.

Eine Stunde war vergangen, seit sich Cornelius Malan zu Bett begeben hatte. Sie hörte ihn. Er schnarchte nicht laut, aber die Wände waren dünn. Man konnte es sogar hören, wenn im Nebenraum jemand Zwieback aß. Roos, zum Beispiel. Beim Frühstück. Er kriegte Zwieback.

Unter dem Mantel trug Leonora das Nachthemd, das ihr bis zu den Fußknöcheln reichte. Sie hatte ihre Sportschuhe angezogen, die mit den dicken Kreppsohlen. Das Gesicht würde sie mit dem dunklen Wollschal bedecken, so daß man sie im Dorf nicht erkannte. Die Leute brauchten nicht zu wissen, was hier draußen vor sich ging. Die Leute brauchten überhaupt nichts zu wissen, damit nicht noch mehr Gerüchte aufkamen, schlimme Geschichten, die hinter vorgehaltener Hand von Mund zu Mund gingen und sich laufend veränderten.

Leonora fürchtete nur Cornelius Malan, den jüngeren Bruder von Roos. Er war ebenfalls ihr Onkel, aber schon als Kind hatte sie sich nie zu ihm hingezogen gefühlt, im Gegenteil, er war ihr furchtbar unheimlich gewesen. Im Gegensatz zu Roos. Roos hatte gute, warme Augen. Und er war ein ehrlicher Mensch, ganz gleich, was die Leute sagten. Die Leute wußten nichts über ihn. Aber sie redeten. Sie redeten über beide gleichermaßen.

Leonora entschloß sich, nicht mehr länger zu warten. Sie löschte das Licht bei ihrem Bett und ging auf den Zehenspitzen zur Tür. Dort verharrte sie eine Weile und lauschte. Eine der Kühe bewegte sich im Stall. Sonst war alles still draußen. Und die leise schnarchenden Atemzüge von Cornelius Malan waren regelmäßig.

Leise drückte Leonora die Klinke nieder. Die Tür gab nach, öffnete sich ein Stück und gab dann ein ächzendes Geräusch von sich, bei dem Leonora zusammenfuhr. Einen Augenblick lang hatte sie das Gefühl, als würde ihr Herz stillstehen. Sie bewegte sich nicht mehr. Mit angehaltenem Atem lauschte sie, hörte aber nichts mehr. Nicht das geringste Geräusch. Kein Schnarchen. Nichts.

Sie wagte es nicht weiterzugehen. Aber sie wagte auch nicht mehr, die Tür wieder zu schließen und zum Bett zurückzukehren. So stand sie da, ohne sich zu rühren, starrte in den schwarzen Flur hinaus und betete lautlos, daß Cornelius Malan sie nicht entdecken würde. Leonora wußte nicht, wie viele Minuten vergangen waren, als sie das Knarren des Bettes aufschreckte. Ihr Onkel hatte sich umgedreht. Das tat er oft. Und jedesmal ächzte sein Bett. Ganz leise folgten diesem ihr vertrauten Geräusch die ersten schweren Atemzüge. Cornelius Malan schlief wieder, falls er überhaupt wach gewesen war. Im nächsten Moment war Leonora draußen im Flur und drückte die Zimmertür ganz sanft ins Schloß. Dann eilte sie zur Haustür, die wie immer von innen verriegelt war. Sie hatte noch am Mittag den schweren Eisenriegel geölt, so daß er sich leichter öffnen ließ. Brixton durfte unter keinen Umständen erwachen. Er hätte sofort angeschlagen.

Leonora zog die Tür hinter sich zu, so behutsam, daß nicht das geringste Geräusch zu hören war. Trotzdem erwachte Brixton. Sie sah, wie er die Augen aufmachte und herüberschielte, ohne seinen schwarzen Kopf von den Pfoten zu heben.

Er sah sie ganz gewiß. Aber er rührte sich nicht. Guter alter Brixton, dachte sie. Sie bewegte sich, und er beobachtete sie, beobachtete jede ihrer Bewegungen, aber er gab keinen Laut von sich.

Um zu dem alten Feldweg zu gelangen, der von Cornelius Malans Hof ins Dorf führte, mußte sie am Schuppen vorbei und an der großen Koppel entlang. Es war unmöglich, die Hundehütte zu umgehen. Sie mußte direkt an der Öffnung, aus der Brixtons Pfoten und seine Schnauze ragten, vorbei. Aber selbst jetzt rührte er sich nicht vom Fleck, schaute ihr nur nach, wie sie zum Schuppen hinüberlief und hinter der Bretterwand verschwand. Jetzt hatte sie offenes Land vor sich, und nichts sollte sie mehr aufhalten. Sie rannte den Koppelzaun entlang, erreichte den Rand der Senke und verschwand im Dickicht, durch das mehrere schmale Wildwechsel führten. Es war ziemlich dunkel, und sie mußte vorsichtig sein, um nicht gegen Astwerk zu laufen. Nebel kroch durchs Gestrüpp, nahm sie auf wie eine schützende Decke. Sie kannte das Dickicht, wußte, wohin die schmalen Pfade führten, die auch vom Vieh benutzt wurden, um zur Tränke zu gelangen.

Dort, beim alten Windrad und dem großen metallenen Wassertank, lagen einige Mutterkühe mit ihren Kälbern. Zwei Pferde standen dicht beisammen, so, als wollten sie sich gegenseitig wärmen. Leonora ging etwas langsamer, um die Tiere nicht in ihrer Nachtruhe zu stören und aufzuschrecken. Noch war sie nicht weit genug vom Haus entfernt, um völlig außer Gefahr zu sein.

Beim alten Karrenweg blieb sie kurz stehen. Hinter ihr war alles still geblieben. Sie konnte über die Büsche hinweg die Gebäude des Hofes sehen. Wuchtig und schwarz ragten sie aus dem Nebel. Nirgendwo brannte ein Licht.

Leonora lief weiter. Es waren fast acht Kilometer bis ins Dorf. Aber ihre Füße wurden leicht, nachdem sie sich einmal in Sicherheit fühlte. Sie lief ein Stück, hielt an und ging ein Stück. Sie hatte Zeit genug. Sie überlegte, was sie am Telefon sagen würde. Sie legte sich alles ganz genau zurecht, jedes Wort, das sie benutzen wollte. Und während sie den Karrenweg entlangging, war sie derart in ihre Gedanken vertieft, daß sie die schwarze Gestalt nicht sah, die bei dem alten Wegkreuz saß und verwundert aufsah, als sie näher kam.

Nur einige Sekunden blieb die schwarze Gestalt auf der Steinbank unter dem Kreuz sitzen, dann bewegte sie sich schnell und verschwand lautlos hinter einer Wildrosenhecke.

Leonora blieb beim Wegkreuz kurz stehen und blickte zu dem Heiland auf, den Onkel Roos noch vor einem halben Jahr frisch gestrichen hatte, mit neuen roten Bluttropfen auf der Stirn und an den Händen und Füßen und mit einem etwas schiefen goldenen Heiligenschein über dem Kopf.

»Lieber Gott, steh Onkel Roos bei«, sagte sie schnell. »Hier ist niemand sonst, der dich so schön anstreichen würde.« Sie wollte noch etwas sagen, etwas, das mehr wie ein Gebet gewesen wäre, aber im Moment fiel ihr beim besten Willen nichts ein, und so sagte sie nur noch »Amen«. Dann lief sie weiter, und sie blickte nicht ein einziges Mal zurück, sonst hätte sie die Gestalt hinter der Hecke hervorkommen sehen, schwarz, mit einer spitzen Kapuze und einer wallenden Kutte, wie sie von Mönchen getragen wurde.

Die Telefonzelle befand sich an der Schmalseite des Gasthauses »Mayfield Inn«, der weitaus ältesten Taverne in diesem Gebiet. Licht und Lärm kamen aus den hell erleuchteten Fenstern. Vor dem Gasthaus waren zwei, drei Fuhrwerke und ein altes Auto geparkt. Eine Straßenlaterne beleuchtete die Frontseite des Gasthauses und die Fassaden der umstehenden Häuser, die alle aus Fachwerk und Ziegelsteinen gebaut waren. Einige hatten noch dicke Strohdächer.

Leonora kam wie ein Schatten aus der dunklen Nacht, und bevor sie ins Licht der Laterne trat, blieb sie beim Brunnen stehen. Sie sah sich um, allerdings ohne die idyllische und geheimnisvolle Schönheit dieses kleinen Ortes in sich aufzunehmen. Die Angst kam zurück, krallte sich in ihr fest wie ein Tier, das tausend Arme hatte und sie erdrücken wollte.

Wenn sie hier gesehen wurde, dann würde wahrscheinlich Cornelius Malan schon morgen davon erfahren. Die Dorfleute waren nicht nur neugierig, sie waren auch geschwätzig und mißgünstig. Nur, um zu sehen, was passierte, hätten sie Leonora an ihren Onkel verraten. Aus lauter Boshaftigkeit.

Sie wartete eine Weile. Im Gasthaus sangen die Männer. Schatten huschten über die Fenster. Irgendwo bellte ein Hund.

Leonora löste sich aus dem Schatten des Brunnens. Als sie auf das Gasthaus zuging, tauchte schnell zwischen dahinziehenden Wolken der Mond auf. Vollmond. Sie fror plötzlich und stürzte in die Kabine, als ob der enge rote Kasten mit den kleinen Fenstern eine Zuflucht wäre.

Die Nummer hatte sie im Kopf. Das Amt meldete sich, und sie gab die Nummer durch. Leonora drückte den Hörer fest an ihr Ohr. Sie hörte das Läuten, weit entfernt. Aber London war gar nicht so weit. London war hinter den Hügeln, dort, wo der Himmel etwas heller war.

»Poiccart.«

»Sie . . . sie sind . . . sie müssen . . .« Leonora fand plötzlich keine Worte mehr.

Der Mann am anderen Ende der Leitung räusperte sich. »Madam, eigentlich muß ich heute gar nichts mehr, denn meine Dienstzeit ist um, und ich lag schon in Gesellschaft bester Lektüre im Bett. Sagen Sie mir also Ihren Namen und erzählen Sie mir dann Ihre Gutenachtgeschichte, wenn ich bitten darf.«

Seine Stimme war es, die ihr Mut machte. Er schien ein Mann zu sein, dem man vertrauen konnte. Und sie wußte, daß er einer vom Silbernen Dreieck war. Das hatte sie in der Zeitung gelesen.

»Malan ist mein Name«, sagte sie schnell. »Leonora Malan. Bitte kommen Sie morgen hierher zum Hof meines Onkels Cornelius Malan. Roos wird umgebracht!«

»Roos?« fragte die Stimme verständnislos. »Madam, ich möchte annehmen, daß es Ihnen gelingt, deutlicher zu werden, wenn Sie erst einigemale tief Luft geholt haben. Das beruhigt ungemein.«

»Mr. Poiccart, es ist Ernst. Bitte, kommen Sie!«

»Und wohin soll ich kommen, meine Liebe?«

»Oxfordshire. Es . . . es geht um Leben und Tod. Es geht um einen Mord, und . . .«

Leonora brach plötzlich ab. Ein Schatten tauchte an der Tür der Kabine auf, eine dunkle Gestalt. Aus schwarzen Höhlen starrten sie glühende Augen an, und der Mund in einem runzeligen, fast weißen Gesicht verzog sich zu einem schiefen Grinsen. Leonora hörte Poiccarts Stimme rufen. »Hallo! Hallo, was ist denn? Warum melden Sie sich nicht mehr?«

Ganz langsam, mit zitternder Hand, hängte Leonora den Hörer an den Haken. Dann griff sie nach der Türklinke.

2. *Kapitel*
Friede seiner armen Seele

Ohne seine beiden Geschäftspartner und Freunde, George Manfred und Leon Gonsalez, zu wecken, rief Poiccart Scotland Yard an. Zuerst meldete sich eine freundliche Dame, der es nach einigen Minuten tatsächlich gelang, eine Verbindung zum Büro des Kriminalinspektors Philander Dearborn vom Morddezernat herzustellen.

Dearborn meldete sich persönlich. »Poiccart? Well, ich hoffe, Sie sind mir nicht gram, wenn ich Ihnen ganz ehrlich sage, daß ich weder Zeit noch Lust habe, mich mitten in der Nacht mit Ihnen oder einem Ihrer Gefährten zu unterhalten. Machen Sie's also besser kurz!«

»Oh, ich dachte schon, ich hätte das unverdiente Glück gehabt, Sie mit einer freien Nase zu erwischen, Dearborn«, gab Poiccart zurück.

»Was hat meine Nase mit diesem Anruf zu tun? Was hat meine Nase überhaupt mit irgend etwas zu tun, zum Teufel? Poiccart, ich bin ein vielbeschäftigter Kriminalbeamter, und ich habe nicht die Absicht, mich von Ihnen auf den Arm nehmen zu lassen. Was wollen Sie also?«

»Könnte es um Roos gehen?« fragte Poiccart harmlos.

»Roos? Das weiß ich doch nicht, Poiccart. Was ist mit ihm?«

»Befindet er sich möglicherweise in Gefahr?«

»Sagen Sie mal, sind Sie eigentlich wach oder werden Sie von Alpträumen heimgesucht?«

»Wer könnte versuchen, Roos zu ermorden?« fragte Poiccart mit stoischem Gleichmut.

»Niemand! Was weiß ich? Ich habe auch schon mal daran gedacht, ihm den Kragen umzudrehen!«

»Wo ist er?« fragte Poiccart.

»Zu Hause. Wo denn sonst. Er hatte bis heute abend um sieben Uhr Dienst. Dann ging er zum Essen. So wie ich ihn kenne, liegt er zu Hause im Bett und pennt.«

»Sind Sie absolut sicher?«

»Was heißt hier absolut? Ich bin nicht sein Kindermädchen, Poiccart!«

»Würde es Ihnen etwas ausmachen, ihn schnell anzurufen?«

Dearborn schnaufte ins Telefon. »Wie spät ist es denn? Fast Mitternacht. Sagen Sie mal, Poiccart, weiß Gonsalez von Ihrem nächtlichen Treiben?«

»Er schläft.«

»Hab ich mir gedacht. Jeder einigermaßen vernünftige Mensch schläft um diese Zeit, wobei ich nicht gesagt haben möchte, daß ich Gonsalez mehr Vernunft zutraue als einem Känguruh. Also, gute Nacht!«

Klick. Dearborn hatte aufgehängt, aber Poiccart gab nicht auf. Er wartete nicht einmal eine Sekunde, erwischte wieder das gleiche Mädchen am Schaltbrett und verlangte erneut Inspektor Dearborn.

»Poiccart!« brüllte der Inspektor, so daß Raymond Poiccart den Hörer weit von seinem Ohr abhalten mußte. »Lassen Sie mich in Dreiteufelsnamen in Ruhe arbeiten, sonst hetze ich Ihnen die Polizei auf den Hals!«

»Es geht möglicherweise um das Leben von Kriminalunterkommissar Peter Roos, Snake-Eye«, sagte Poiccart kalt und benutzte dabei respektlos, wie nur er es notfalls sein konnte, Dearborns Spitznamen. »Wenn ich die Privatnummer von Roos hätte, würde ich ihn selbst anrufen, aber . . .«

»Keine Aufregung, Poiccart, nur keine Aufregung«, unterbrach ihn Philander Dearborn. »Sagen Sie mir erst, was los ist, und dann sehen wir weiter.«

»Eine Frau hat angerufen und gesagt, daß man Roos umbringen will.«

»Name?«

»Anonym!«

»Hab ich mir schon gedacht. Sie wollen natürlich nicht mit Namen herausrücken, nicht wahr? Well, Poiccart, ich darf Sie höchst freundschaftlich darauf aufmerksam machen, daß ich Sie persönlich dem Henker von London ausliefere, wenn Peter Roos etwas passiert, was wir hätten verhüten können, wenn Sie nicht Informationen zurückhielten.«

»Oxfordshire«, sagte Poiccart. »Jemand, der Malan heißt.«

»Aha. Und was sonst noch?«

»Nichts. Es scheint, als ob es eilig wäre.«

»Gut. Ich rufe Sie sofort zurück.« Inspektor Dearborn hängte ein, und Poiccart legte den Hörer auf die Gabel des Telefon-Nebenanschlusses und lehnte sich gegen das Kopfbrett seines Bettes. Er hatte die Nachttischlampe angezündet, und auf seiner Decke lag verkehrt herum ein dikker schwülstiger Liebesroman. WEINENDE HERZEN IN VENEDIG. Er nahm das Buch auf, legte ein Lesezeichen ein und klappte es zu. Dann erhob er sich und verließ sein Zimmer. Im Salon brannte Licht. Poiccart ging die Treppe hoch und fand zu seiner Überraschung Leon Gonsalez im Wohnzimmer vor.

»Ich hörte dich reden«, sagte er.

Poiccart lächelte schief. »Schon mal was von Cornelius Malan gehört?«

Zur Überraschung Poiccarts nickte Leon. »Natürlich. Der Mann hat ein Gehöft draußen in der Nähe von Oxfordshire. Zusammen mit seinem Bruder, dessen Vorname mir entfallen ist. Die beiden sind in Südafrika aufgewachsen. Buren. Seit Jahren ist das Finanzamt hinter ihnen her, leider aber ohne Erfolg. Die beiden müssen schwer reich sein, leisten aber keine Steuerzahlungen.«

»Dadurch unterscheiden sie sich kaum von anderen reichen Leuten, nicht wahr«, sagte Poiccart anzüglich. »Wieso kennst *du* denn die beiden?«

»Überwachung. Vielleicht erinnerst du dich. Vor etwa acht Monaten. Da bat mich das Innenministerium um einen Gefallen, den ich meinem Freund dort nicht abschlagen konnte. So fuhr ich einige Tage hintereinander nach Oxfordshire hinaus, um den Malan-Hof zu überwachen. Aber das war nahezu unmöglich. Ein Fremder fällt sofort auf, und so dauerte es genau einen halben Tag, bis mir Cornelius Malan mit der Schrotflinte in den Händen gegenüberstand. Well, ich konnte ihm wenig vormachen, und er mir auch nichts. So standen wir voreinander, beobachteten uns gegenseitig, und schließlich kehrte ich unverrichteter Dinge zurück. Eine schlimme Enttäuschung für unseren Regierungsfreund.«

»Jetzt erinnere ich mich. Hast du eine Akte angelegt?«

»Ja.«

»Gut. Könnte sein, daß ich sie brauche. Vorerst aber erwarte ich Dearborns Anruf.« Poiccart ging zum Fenster und machte den Vorhang einen Spalt auf. Die Curzon Street glänzte naß. Ein leichter Nieselregen hatte eingesetzt. Drüben im Haus von Mr. und Mrs. Tripplestick brannte in einem Fenster noch Licht. Wahrscheinlich spielten die beiden unverzagt Bridge.

»Ist eigentlich George da?« fragte Poiccart.

Bevor Leon seinem Partner darauf etwas erwidern konnte, läutete das Telefon, das auf einem Marmortischchen in der Mitte des Salons stand. Poiccart kam vom Fenster herüber und hob ab.

»Wissen Sie, was mir Roos gesagt hat?« stieß Dearborn sofort hervor, noch bevor Poiccart seinen Namen sagen konnte. »Wenn ich mondsüchtig sei, sollte ich gefälligst um Mitternacht von der London Bridge in die Themse springen! Das hat er gesagt, und wenn ich nicht wüßte, daß er im Halbschlaf immer wirres Zeug von sich gibt, würde ich ihm morgen eigenhändig den Kragen umdrehen, damit wir endlich mal einen leicht aufzuklärenden Mordfall haben.«

»Und? Was hat er über Oxfordshire gesagt?«

»Kein Wort. Wußte nicht einmal, daß es dieses Nest überhaupt gibt. Und jemand mit diesem dämlichen Namen Malan kennt er auch nicht. Außerdem hat er ein Sicherheitsschloß an der Tür, und seine Wohnung liegt im vierten Stock. Wer durch die Fenster einsteigen will, braucht entweder Flügel oder eine Feuerwehrleiter.«

»Dann ist er also vollkommen in Ordnung und keinesfalls in Gefahr?«

»So ist es, Poiccart. Und jetzt sagen Sie mir bitte, was tatsächlich los ist?«

»Haben Sie Lust, morgen früh mit Mr. Gonsalez nach Oxfordshire zu fahren?« fragte Poiccart zurück. Dearborn mußte niesen. Es knallte, als wäre irgendwo eine Gasleitung geplatzt. Nach einer Weile war Dearborn soweit, auf Poiccarts Frage zu antworten. »Ist es ein Fall für Scotland Yard?« fragte er.

»Weiß ich nicht«, gab Poiccart zu. »Es kommt wahrscheinlich ganz darauf an, wer Roos ist und ob er noch lebt, wenn wir dort ankommen.«

»Mord?«

»Vielleicht.«

»Gut. Wann fahren wir?«

»Kommen Sie bitte um sieben Uhr hierher. Gute Nacht.«

»Der Teufel soll Sie holen«, gab Dearborn zur Antwort. »Ich habe Dienst.«

Poiccart lächelte, als er auflegte. Während er telefoniert hatte, war Leon im Archiv verschwunden, einem Raum, der bis unter die Decke mit Akten angefüllt war. Nach einigen Minuten kam er zurück, einen dünnen Ordner in der Hand.

»Cornelius und Roos Malan«, sagte er. »Hier hast du alles, was du brauchst.«

Poiccart lächelte schief. »Ich habe morgen einen Termin beim Zahnarzt. Könntest du einstweilen die Angelegenheit für mich übernehmen, Leon? Du kommst doch mit Snake-Eye ziemlich gut zurecht.«

Leon zog die Augenlider etwas zusammen und blickte Poiccart mißtrauisch an.

»Ehrlich«, versicherte der und deutete mit dem Zeigefinger auf seine Wange. »Ist sogar ein bißchen geschwollen, siehst du?«

Leon erwiderte nichts, machte es sich mit dem Ordner und mit einem Drink auf dem Sofa bequem und fing an, die Notizen zu studieren, die er sich vor mehr als einem halben Jahr gemacht hatte. »Wie heißt die Frau, die angerufen hat?« fragte er ohne aufzublicken.

»Leonora.« Poiccart lachte leise. »Leon und Leonora. Wenn Shakespeare darauf gekommen wäre, hätte er darüber ein Stück geschrieben.«

»Die Sache scheint dir nicht recht zu schmecken, Raymond«, sagte Leon, und jetzt blickte er seinen Partner forschend an.

Raymond Poiccart, bekannt dafür, Fälle aus psychologischer Sicht zu betrachten, wiegte den Kopf. »Ich weiß nicht recht«, sagte er. »Die Frau . . . oder das Mädchen – der Stimme nach handelt es sich eher um das letztere, war ziemlich aufgeregt.«

»Eine völlig normale Reaktion für jemanden, der telefonisch einen bevorstehenden Mord kundtut«, gab Leon zu bedenken.

Aber Raymond Poiccart schüttelte den Kopf. »Nein, nein«, sagte er, »das war irgendwie anders. Da stimmt was nicht. Frag mich jetzt bitte nicht, warum, ich könnte dir keine Erklärung dafür geben.« Raymond Poiccart lächelte. »So was ist bei mir eine Gefühlssache.«

Leon sah ein, daß es keinen Sinn hatte, mit Poiccart über Gefühlssachen zu diskutieren. Mehr als einmal hatte dieser nämlich bewiesen, daß er entweder über einen siebten Sinn verfügte oder aber mit einem geradezu unwahrscheinlich sensiblen Instinkt ausgestattet war. Es war nie leicht, Raymond Poiccart übers Ohr zu hauen, schon gar nicht per Telefon ...

Inspektor Dearborn sah aus, als hätte er die Nacht in einer leeren Gemüsekiste in den Markthallen des Covent Garden verbracht. Sein Gesicht war beinahe so zerknittert wie sein Anzug, und den Hut hatte er derart schief über seinen Schädel gestülpt, daß er völlig aus der Form geraten schien.

Poiccart öffnete ihm, deutete eine dürftige Verbeugung an und ließ ihn eintreten. Im kleinen Haus an der Curzon Street roch es nach Kaffee und frischem Toast, obwohl es noch nicht einmal sieben Uhr war.

»Mr. Gonsalez läßt zum Frühstück bitten«, sagte Poiccart, der es sich nicht nehmen lassen wollte, den Pförtner und Butler zu spielen. Er war felsenfest davon überzeugt, daß ihm diese Rolle gestattete, sich aus der distanzierten Sicht eines Bediensteten ein besseres Bild von einem Besucher machen zu können, als wenn er sich um diesen als Gastgeber hätte bemühen müssen. Weder Leon Gonsalez noch George Manfred machten ihm die Position streitig, denn Raymond Poiccart war mit seinen vollendeten Umgangsformen der perfekte Diener.

Dearborn, der sich geschworen hatte, niemals der zuvorkommenden Höflichkeit Poiccarts zu erliegen und sich keinesfalls zum Frühstück einladen zu lassen, hob ergeben die Schultern, ließ sich aus dem Trenchcoat helfen und übergab Poiccart seinen Hut. Danach ließ er sich die Treppe hochgeleiten und ins Eßzimmer führen, wo Leon Gonsalez an einem säuberlich gedeckten Tisch saß. Ein

Strauß gelber Astern in einer chinesischen Vase zierte das wunderbare Gedeck, und für einen Moment wünschte sich Dearborn, es wäre endlich wieder Frühling.

Aber es war erst Spätherbst. London drohte im Nebel zu ersticken. Nur hier drin, in diesem kleinen Raum, der durch französische Glastüren vom Salon getrennt war, schien die Sonne. So kam es Dearborn wenigstens vor, und er ließ sich nicht zweimal auffordern, am Tisch Platz zu nehmen.

»Greifen Sie herzlich zu, Verehrtester«, forderte ihn Leon auf. »Die Brötchen sind ofenfrisch. Hier, Sie haben die Wahl zwischen echtem Waldhonig und Quittenmarmelade.«

»Well«, sagte Inspektor Dearborn, und er wunderte sich, während er redete, wie leicht es ihm fiel, Gonsalez anzuschwindeln. »Well, eigentlich habe ich schon im Yard gefrühstückt.«

»Das bringt mich auf eine Frage, die ich Ihnen schon lange einmal stellen wollte, Verehrtester«, sagte Leon Gonsalez und bestrich einen Buttertoast mit Marmelade. »Stimmt es eigentlich, daß die Beamten in Scotland Yard ihr Essen aus der Gefängniskantine kriegen?«

Dearborn hob die Braue über seinem linken Auge und warf Leon einen Blick zu, mit dem man einen schreckhaften Menschen hätte einschüchtern können. »Wir haben eine eigene Küche, Gonsalez, und lassen Sie sich gesagt sein; daß wir zum Beispiel heute morgen die Wahl zwischen Honig und *zweierlei* Marmeladen hatten, Aprikosen und Erdbeer.« Dearborn strich soviel Honig auf sein Brot, daß er ihm über die Finger lief und auf die Hose heruntertropfte, ohne daß er etwas merkte. Und als sie mit dem Frühstück fertig waren, hing nicht nur Quittenmarmelade in seinen Bartstoppeln; er hatte den Honig auch auf seinem Hemd.

Es war schon gegen acht Uhr, als Leon Gonsalez und ein

zufrieden aussehender Inspektor das kleine Haus verließen und den Dienstwagen bestiegen, der am Straßenrand geparkt war. Im Moment, als Dearborn den Anlasser betätigte, hielt hinter dem Dienstwagen ein Taxi, dem George Manfred entstieg. Er sah ziemlich übernächtigt aus; nicht so zerknittert wie Dearborn, aber dafür hatte er Lippenstift am linken Ohr und ein blaues Auge.

Leon kurbelte das Fenster herunter, und als George Manfred den Taxifahrer bezahlt hatte und zum Haus gehen wollte, wünschte er ihm einen schönen guten Morgen.

Manfred blieb kurz stehen, sah sich verlegen um, murmelte etwas und ging weiter.

»Ziemlich ungewöhnlicher Mensch, nicht wahr?« sagte Dearborn und ließ den Motor aufheulen. Er schwenkte scharf in die Berkeley Street ein und fuhr zum Picadilly hinunter. Im letzten Moment wich er vor einem Radfahrer zur Seite aus, stieß beinahe frontal mit einem Lieferwagen zusammen und verpaßte um ein Haar einen Verkehrspolizisten, der vor Schreck seine Pfeife zu verschlucken schien. Auf jeden Fall brachte er keinen Ton heraus, und Dearborn schwenkte sofort in eine Seitenstraße ein, nahm die nächste Querstraße und fuhr eine Weile im Zickzack durch die Innenstadt, bis er sicher war, daß ihn kein Streifenwagen der Verkehrspolizei verfolgte.

»War ziemlich knapp«, sagte er schließlich, hielt an einer Stoppstraße an und grinste Leon von der Seite an. »Sie sehen etwas blaß aus, mein Lieber.« Und bevor Leon darauf etwas erwidern konnte, fuhr er ruckartig an, steuerte die schwarze Limousine den Picadilly hinunter zum Duke of Wellington Place, und so, als hätte er Leon endlich einiges heimgezahlt, was er im Laufe ihrer interessanten Bekanntschaft hatte einstecken müssen, pfiff Dearborn schmunzelnd eine ziemlich einfältige Melodie vor sich hin.

Es war lange nach Mitternacht, als Leonora Malan versuchte, ungesehen und ungestört wieder ins Haus zu gelangen.

Brixton schlief.

Das große Tor des Schuppens stand sperrangelweit offen. Über der Ebene hatte sich der Rauch aus dem Kamin des Wohnhauses mit dem Nebel vermischt. Es roch nach verbrannten Briketts. Kein Laut war zu hören. Es wehte kein Lüftchen. Das fahle Licht das Vollmondes verwandelte die Nebelschleier in weiche flaumige Decken, die sich über den verödeten Feldern ausgebreitet hatten.

Leonora blieb im Gestrüpp stehen. Sie konnte Brixton nicht sehen, weil er sich ganz in den Schutz seiner Hütte zurückgezogen hatte. Wenn Brixton wach gewesen wäre, hätte er längst angeschlagen.

Nirgendwo im Haus brannte ein Licht. Leonora durchquerte die Mulde, in der das Gestrüpp wucherte, näherte sich dem Schuppen von hinten und blieb beim Koppelzaun noch einmal stehen. Sie hatte jetzt plötzlich das Gefühl, beobachtet zu werden. Ganz deutlich war es, und es machte sie unsicher. Sie blickte sich nach allen Seiten um. Nichts. Keine Bewegung. Kein Laut.

Einige Minuten lang rührte sie sich nicht vom Fleck. Dann schlich sie sich an der Bretterwand des Schuppens entlang, dort, wo die Holzscheite aufgeschichtet worden waren. Vom Schuppen bis zum Haus waren es etwa dreißig Schritte. Aber Leonora mußte zuerst am offenen Tor vorbei und dann an Brixtons Hütte.

Sie konnte das offene Schuppentor jetzt nicht sehen, aber als sie sich von der Bretterwand löste und auf den Hof hinausging, nahm sie aus den Augenwinkeln eine schattenhafte Bewegung wahr. Ihr Herz verkrampfte sich sofort. Sie stand still und blickte sich um. Im Schatten der Windmühle stand eine Gestalt. Zuerst glaubte Leonora, es handele sich um Onkel Cornelius, aber dann erkannte sie einen der beiden Tagelöhner. Er trug nur eine Hose. Sein muskulöser Oberkörper und seine Füße waren nackt. Leonora konnte seine Zähne schimmern sehen, als er sein bärtiges Gesicht zu einem breiten Grinsen verzog.

Leonora hielt den Atem an. Ungläubig starrte sie den Mann an, der ihr mit einer Handbewegung bedeutete, näher zu kommen. Leonora schüttelte den Kopf. Dann wich sie zurück. Der Tagelöhner machte keine Anstalten, ihr nachzukommen. Statt dessen bückte er sich und nahm langsam einen Stein vom Boden auf. Und jetzt grinste er nicht mehr. Er ging bis zum offenen Schuppentor zurück. Dort blieb er stehen und holte zum Wurf aus. Der Stein flog an Leonora vorbei und schlug gegen Brixtons Hütte. Leonora blieb das Herz stehen, als Brixton bellend herausstürzte und sie jäh ansprang. Sein heißer Atem schlug ihr ins Gesicht, und der Aufprall des schweren Körpers war so gewaltig, daß Leonora das Gleichgewicht verlor und stürzte. Brixton hätte ihr wahrscheinlich im nächsten Augenblick die Zähne in den Hals geschlagen, hätte sie nicht im Stürzen seinen Namen geschrien. Er ließ von ihr ab, wich zurück und wedelte vor Freude, während er leise, japsende Laute ausstieß.

Leonora sah, wie im Haus ein Licht anging. Drüben, beim Schuppen, wurde das große Tor langsam und geräuschlos zugemacht. Leonora erhob sich. Es hatte keinen Sinn davonzulaufen. Irgendwann hätte sie ja wieder zurückkommen müssen, und Onkel Cornelius hätte darauf gewartet.

Jetzt kam er aus dem Haus, sein Schrotgewehr in den Händen. Er trug nichts als seine Hose und die Zipfelmütze, die er nachts immer aufsetzte.

Er entdeckte Leonora sofort, wußte aber im ersten Moment nicht, wer sie war.

»Bist du das?« fragte er unwirsch. Er kam etwas näher. Mondlicht fiel in das kantige Gesicht dieses Mannes, den sie aus ganzem Herzen verabscheute. »Was treibst du dich nachts draußen herum?« fragte er und blieb vor ihr stehen. Seine tückischen Augen glitzerten. »Hast dich wohl mit Jones getroffen, was?«

Sie sagte nichts. Es fiel ihr einfach keine Ausrede ein. Allein seine Gegenwart lähmte sie. Sie hatte Angst vor ihm. Seit sie ihn kannte, hatte sie Angst vor ihm.

Er lachte auf. »Warum sagst du nichts?« fragte er. »Hat es dir die Sprache verschlagen?«

Sie senkte den Kopf und wollte an ihm vorbei zum Haus gehen. Da packte er sie beim Arm und zog sie so hart herum, daß sie vor Schmerzen leise aufschrie.

»Ich will wissen, was hier vor sich geht!« fuhr er sie heftig an. »Ich will wissen, was ihr ausgeheckt habt, Jones und du. Ich weiß, daß ihr euch gegen mich verschworen habt, seit Roos krank ist.«

Leonora schluckte. »Ich . . . ich konnte nur nicht schlafen«, sagte sie, aber sie hörte selbst, wie kläglich ihr diese Lüge über die Lippen kam. Er drückte noch kräftiger zu, und seine Finger umspannten ihren Oberarm wie Stahlklammern.

»Wenn ich Jones hier in der Nähe erwische, schieß ich ihn über den Haufen wie einen tollwütigen Hund!« sagte er messerscharf. »Und wenn ich dich mit ihm zusammen sehe, wirst du den Tag verfluchen, an dem dich Roos hierhergebracht hat. Dies ist mein Hof! Hier bestimme ich und niemand sonst! Und wer mir in den Rücken fallen will, der muß höllisch aufpassen. Ich bin noch mit allen fertig geworden, die mir in die Quere kamen. Keiner hat mich geschafft!« Er schüttelte Leonora. »Verstehst du!« sagte er leise. »Verstehst du, was ich meine?«

Sie nickte. »Ich will nur, daß Onkel Roos wieder gesund wird«, sagte sie. »Das ist alles, was ich will.«

Er ließ sie los. »Onkel Roos wird nicht mehr gesund«, sagte er. Er wandte ihr den Rücken zu und blickte zum

Haus hinüber. »Onkel Roos ist in dieser Nacht gestorben.«

Die Worte trafen Leonora wie Schläge. Sie duckte sich unwillkürlich, während sie ungläubig seiner Stimme nachlauschte. Langsam drehte er sich ihr wieder zu, und im fahlen Licht des Mondes wirkte sein Gesicht wie eine höhnisch verzogene Fratze.

»Ich hörte ihn rufen«, sagte er. »Da ging ich zu ihm, und er hatte sich im Bett aufgerichtet und verlangte nach dir.«

»Was ... was hat er gesagt?« würgte Leonora hervor.

»Nicht viel«, sagte Cornelius Malan beinahe spöttisch. »Du weißt ja, daß er nie viel gesagt hat. Immer vorsichtig war er. Immer voller Angst, daß er ein Wort zuviel hätte sagen können. Ich ging auf dein Zimmer. Dort warst du nicht. Das hab ich ihm gesagt. ›Sie treibt sich draußen mit diesem unseligen Jones herum‹, hab ich ihm gesagt. Da wurde er bitterböse. Er hat sich richtig aufgeregt, und ich glaube, darüber ist er gestorben. Vor Aufregung. Sein Herz muß versagt haben. Plötzlich fiel er ins Kissen zurück, und da war kein Puls mehr an seinem Hals. Ich hab ihm noch einen Rasierspiegel vor den Mund gehalten, aber der blieb blank, weil er nicht mehr geatmet hat.«

»Kann ... kann ich ihn sehen?« fragte Leonora stokkend.

»Wenn du willst. Schön sieht er nicht aus. Vielleicht wäre es besser, wenn du ihn so in Erinnerung behältst, wie er gelebt hat. Im Tod sieht er ganz und gar nicht schön aus.«

»Ich will ihn sehen.«

»Dann komm!« Er drehte sich um und ging vor ihr her ins Haus. Die Schrotflinte ließ er im Flur zurück. In dem kleinen Schlafzimmer, in dem Onkel Roos die letzten Tage seines Lebens verbracht hatte, brannte eine Kerze.

Onkel Roos lag lang ausgestreckt im Bett. Leonora blieb fast das Herz stehen, als sie ihn sah. Sein Gesicht war verzerrt, als hätte er im Todeskampf furchtbare Schmerzen ausgestanden. Die Finger hatte er in die Bettdecke gekrallt. Seine Augenlider waren halb geöffnet, und Cornelius Malan ging sofort zum Bett, beugte sich über den Leichnam und drückte ihm die Augen zu.

»Das habe ich schon einmal getan«, flüsterte er. »Er ist noch immer ganz verkrampft. Friede seiner armen Seele.«

Leonora stand am Fußende des Bettes, unfähig, sich zu rühren. Sie merkte nur, wie sich ihre brennenden Augen mit Tränen füllten, und in ihrer Kehle steckte ein dicker Kloß, den sie nicht hinunterschlucken konnte.

Während sich Cornelius Malan aufrichtete, sah sie das Glas auf dem Nachttisch. Sie erinnerte sich, daß dieses Glas nicht hier gewesen war, als sie Onkel Roos an diesem Abend allein gelassen hatte. Dessen war sie sich absolut sicher. Im Glas befand sich nicht mehr als ein Rest einer milchigen Flüssigkeit. Neben dem Glas lag ein Teelöffel.

Der furchtbare Verdacht stieg erneut in ihr auf, und sie schauderte bei dem Gedanken, daß Onkel Roos ermordet worden war. Dieses Glas mußte der Beweis sein, daß Cornelius seinen eigenen Bruder umgebracht hatte. Sie mußte sich zwingen, nicht mehr hinzusehen und ruhig zu bleiben. Sie nahm ein Taschentuch aus dem Mantel und wischte sich die Tränen von den Wangen. Dann drehte sie sich abrupt um und lief aus dem Zimmer.

Cornelius Malan folgte ihr. »Ich habe dich gewarnt«, sagte er. »Du hättest nicht darauf beharren sollen, ihn noch einmal zu sehen.«

»Ich dachte, er ist in Frieden gestorben«, sagte sie, mühsam ein Schluchzen unterdrückend.

»So wie er gelebt hat, so ist er gestorben. Voller Furcht und Sorge um die Zukunft. Dabei ist er jetzt alle Qualen und Leiden los.« Cornelius Malan ging die Treppe hinunter und holte seine Schrotflinte. Sie hörte, wie er die Haustür abschloß. Bevor er die Treppe wieder hochkam, ging sie in ihr Zimmer und setzte sich aufs Bett. Vor der Zimmertür verstummten seine Schritte. Fast eine Minute lang blieb er stehen, unschlüssig, ob er zu ihr oder in sein eigenes Schlafzimmer gehen sollte. Leonora saß vornübergebeugt auf dem Bettrand und starrte gebannt zur Tür. Sie merkte gar nicht, daß sich ihre kleinen Hände zu Fäusten verkrampft hatten und sich ihre Fingernägel tief in die Handflächen gruben. Erst als er weiterging, wagte sie es aufzuatmen.

3. Kapitel
Eine trostlose Gegend

Die Sonne schien, als Inspektor Philander Dearborn den Dienstwagen von der asphaltierten Straße steuerte und in den schmalen Feldweg einschwenkte, der zum Malan-Hof führte. Ein altes verwittertes Schild, auf dem ein paar weiße Buchstaben unleserlich waren, wies in ihre Richtung. Früher hatte darauf einmal MALAN gestanden, aber das war lange her.

»Eine herrliche Gegend«, sagte Dearborn, der anscheinend einen Hang zur Trostlosigkeit hatte. Leon Gonsalez erschien dieses karge, eintönige Land abweisend und kalt. Fast glaubte er, eine Drohung zu verspüren, wie er sie sonst nur in unmittelbarer Nähe einer Gefahr wahrnehmen konnte. Leon fröstelte.

Inspektor Dearborn schien von alledem nichts mitzukriegen. Fröhlich steuerte er den Dienstwagen den Feldweg entlang, vorbei an verödeten Weiden und Feldern, die sich nackt und ohne Leben im bleichen Herbstlicht ausbreiteten.

»Sehen Sie, Gonsalez, in einer Gegend wie dieser hier bin ich aufgewachsen. London ist kein Ort, wo ich glücklich sein kann. Häuserschluchten, Asphalt, leere Gesichter eiliger Leute, der Geruch von Schornsteinqualm, der niemals abziehen kann. Hier draußen ist die Luft so dünn, daß man immer das Gefühl hat, als würde sie im nächsten Moment splittern. Hier draußen ist alles glasklar, das Licht und die Schatten. Jeder Stein hebt sich vom anderen ab. Jeder Grashalm ist ein scharf gezeichneter Strich, jede Bewegung ein Zeichen, das einem ewig in Erinnerung bleibt.« Dearborn versuchte, durch die verstopfte Nase zu schnüffeln. »Ich liebe dieses Land, Gonsalez, das so unverdorben ist, so offen und ehrlich, daß ihm niemand ein Leid zufügen könnte.«

»Ich habe dieses Land in anderer Erinnerung«, sagte Leon Gonsalez. »Damals, als ich hier war, hat es drei Wochen lang ohne Unterbrechung geregnet. Die Leute sagten, daß dies kein gutes Zeichen wäre.«

»Aberglaube«, erwiderte Dearborn. »Jetzt scheint die Sonne und verzaubert dieses Land mit einem goldenen Hauch der Wahrheit. Ich könnte vor Lust und Freude singen, mein Lieber.«

»Tun Sie sich nur keinen Zwang an«, entgegnete Leon kühl, und was er niemals für möglich gehalten hätte, geschah tatsächlich. Inspektor Philander Dearborn begann ein Liedchen zu singen, das er wahrscheinlich als Dreikäsehoch in der Dorfschule gelernt hatte, vom Gold der Sonne über den Auen und Matten, vom Silberfisch im glitzernden Fluß. Mit verstopfter Nase gesungen, klang das alles recht merkwürdig, und Leon wand sich in seinem Sitz, ohne daß Dearborn Anstalten machte, ihn von seinen Qualen zu erlösen. Erst bei dem alten Wegkreuz hörte er auf zu singen, hielt an und blickte lange in Gedanken versunken zu der frisch gestrichenen Christusfigur hoch, seufzte schließlich und legte wieder den Gang ein.

»Sind Sie eigentlich ein Christ, Gonsalez?« fragte er. »Ich meine, Sie sind doch in erster Linie ein solch kaltschnäuziger Hund, daß Sie vermutlich überhaupt keine Seele haben.«

Leon verschlug es glatt die Sprache. Und Dearborn, als hätte er gar keine Antwort erwartet, sang vergnügt weiter.

Cornelius Malan trug Schwarz. Außerdem sah er aus, als hätte er die ganze Nacht nicht geschlafen. Er erkannte Leon Gonsalez sofort, und das eckige Gesicht unter dem Hut verfinsterte sich schlagartig.

»Gonsalez!« stieß er hervor. »Was zum Teufel wollen Sie denn hier?«

Dearborn, der mitten auf dem Hof angehalten hatte, machte keine Anstalten auszusteigen. »Der Kettenhund ist eine Bestie«, sagte er und drückte den Knopf der Türverriegelung nieder. »Und wer ist dieses schwarz gekleidete Monster, Gonsalez?«

»Cornelius Malan, ein Mann, der nach Pech und Schwefel riecht, Verehrtester«, entgegnete Leon und machte die Tür auf.

»Dann seien Sie bitte schön vorsichtig«, warnte Dearborn. »Wir wollen schließlich die Hölle nicht herausfordern, solange wir keine Rückendeckung haben.«

»Mr. Malan und ich, wir sind alte Bekannte«, sagte Leon und machte die Tür von außen zu. Cornelius Malan blieb vor ihm stehen und stemmte die Fäuste in die Hüften. Mißtrauen und offene Ablehnung waren in sein grobschlächtiges Gesicht geschrieben. Leon hatte gewußt, daß man ihn hier, auf diesem entlegenen Gehöft, nicht willkommen heißen würde.

»Guten Morgen, Malan«, sagte er deshalb mit kühler Stimme. »Wir sind zufällig unterwegs nach Oxfordshire, und da . . .«

»Reden Sie keinen Mist, Gonsalez!« unterbrach ihn Cornelius Malan grob. »Jemand hat Sie angerufen, nicht wahr? Jones wahrscheinlich! Und er hat Ihnen gesagt, daß hier einiges nicht mit rechten Dingen zugeht.«

»Jones?« Leon lächelte. »Ich glaube nicht, daß ich in letzter Zeit etwas mit einem Mr. Jones zu tun gehabt hätte, obwohl dies ja ein äußerst gebräuchlicher Name ist.«

Malans Augen wurden eng. »Mir machen Sie nichts vor, Gonsalez. Zufällig nach Oxfordshire unterwegs!« Er lachte höhnisch. »Was sollte denn ein Schnüffler wie Sie in Oxfordshire wollen?« Malan drehte sich dem Dienstwagen zu. Er faßte Dearborn ins Auge, und der versuchte hinter dem Steuerrad ein höfliches Lächeln, aus dem nicht viel mehr wurde als eine dämliche Grimasse. »Einer von Ihren Spießgesellen, was? Poiccart oder der andere. Wie heißt er noch . . . Manfred?«

»Keiner von beiden«, lächelte Leon. »Ich darf Sie vielleicht mit Kriminalinspektor Philander Dearborn bekannt machen, Malan. Inspektor Dearborn ist von Scotland Yard und . . .«

»Den Teufel dürfen Sie, Gonsalez!« brüllte Malan. »Scotland Yard hin und her! Dies hier ist mein Grund und Boden! Machen Sie, daß Sie und dieser . . . dieser . . . Dearborn von hier verschwinden, bevor ich Lust kriege, euch Beine zu machen!«

»Nun, Mr. Malan, so einfach, wie Sie sich diese Angelegenheit möglicherweise vorstellen, ist sie nun auch wieder nicht. Eigentlich wollten wir Ihrem verehrten Herrn Bruder einen Besuch abstatten, und dabei . . .«

»Dann kommen Sie aber zu einer denkbar ungünstigen Zeit, Gonsalez!« rief Cornelius Malan spöttisch. »Mein Bruder Roos ist nämlich in dieser Nacht gestorben.«

Leon sah aus den Augenwinkeln, wie Dearborn im Auto hochfuhr, als wäre unter seinem Hintern eine Sitzfeder gesprungen. Bevor Leon sich auf die veränderte Sachlage einstellen konnte, flog die Tür des Dienstwagens auf und Dearborn stand mit gezückter Dienstwaffe vor Cornelius Malan.

»Mr. Malan«, schnaufte er mühsam, »Sie sind verhaftet. Gegenwehr hätte keinen Sinn, denn ich würde unverzüglich von der Waffe Gebrauch machen.«

Cornelius Malan runzelte die Stirn. Verständnislos starrte er zuerst Dearborn an und dann Leon Gonsalez.

»Sagen Sie diesem Verrückten gefälligst, daß er mich nicht reizen soll!« knurrte er. »Auf meinem Grund und Boden fuchtelt mir keiner lange mit einer Pistole vor der Nase herum, Gonsalez!«

Leon legte den Kopf schief. »An Ihrer Stelle, Mr. Malan, würde ich mich dem Gesetz fügen, denn Inspektor Dearborn ist dafür bekannt, äußerst kaltblütig seiner Pflicht nachzukommen.«

Zweifelnd verzog Cornelius Malan sein Gesicht. »Der da?« fragte er. »Kaltblütig?«

»Äußerst«, versicherte Leon bestimmt, und da hob Cornelius Malan ganz langsam die Hände hoch. »Der Teufel soll mich holen, wenn ich mich von einem Verrückten erschießen lasse«, knurrte er dabei.

Drüben beim Schuppen tauchten zwei Männer auf, aber als sie sahen, was sich im Hof abspielte, verschwanden sie sofort wieder.

»Well, Mr. Malan, dann führen Sie uns doch bitte zum Leichnam des Ermordeten«, sagte Inspektor Dearborn und schubste den großen Mann mit dem Lauf seiner Dienstwaffe vorsichtig an.

Inspektor Dearborn, vom Jagdfieber gebeutelt und keineswegs bereit, Leon Gonsalez zum Zug kommen zu lassen, ließ es sich nicht nehmen, die Bewohner des Malan-Gehöftes einem gestrengen Verhör zu unterziehen. Leon schickte er ins Dorf, um die Mordkommission anzurufen. Noch ehe die anderen Beamten der Mordkommission eintrafen und mit der Spurensicherung beginnen konnten, knöpfte sich Dearborn zuerst Cornelius Malan vor, den Hauptverdächtigen. Das Verhör fand in der Küche statt, und als Leon mit dem Dienstwagen aus dem Dorf zurückkehrte, parkte er diesen absichtlich so nahe beim Küchenfenster, daß er deutlich hören konnte, wie Dearborn den Festgenommenen davor warnte, ihn noch einmal zu beschimpfen. Wörtlich sagte der Inspektor: »Hüten Sie gefälligst Ihre Zunge, Mr. Malan, und beantworten Sie mir meine Fragen. Sie stecken nämlich ganz schön mit dem Kopf in der Schlinge, denn ich halte Sie für den Mörder Ihres Bruders, ist das klar?«

Und da antwortete Cornelius Malan in seiner grobschlächtigen Art: »Klar ist mir nur, daß ich es mit einem Einfaltspinsel zu tun habe, verflucht noch mal.«

Danach war es eine Weile so still, daß Leon Gonsalez annehmen mußte, es hätte Dearborn den Atem verschlagen. Er stieg aus und wollte noch näher an das Fenster herangehen, als Leonora Malan aus dem Haus kam. Sie sah schlank und zierlich aus in ihrem schwarzen Kleid. Das dunkelblonde Haar hatte sie straff nach hinten gekämmt und zu einem Knoten gebunden. Ihr Gesicht war blaß, die Augen leicht gerötet. Man konnte gut erkennen, daß sie geweint hatte.

Bis jetzt hatte Leon keine Gelegenheit gehabt, allein mit Leonora zu reden. Immer war jemand in der Nähe gewesen, aber als sie alle zusammen vor dem Totenbett gestanden hatten, war Leon aufgefallen, wie sie verstohlen auf den Nachttisch neben dem Bett zeigte. Zuerst wußte er nicht, auf was sie ihn aufmerksam machen wollte, aber dann vermutete er, daß es nur das Glas sein konnte mit dem kleinen Rest einer milchigen Flüssigkeit. Dearborn, dessen Schlangenaugen nichts entging, widmete dem Glas natürlich von diesem Moment an sein besonderes Interesse. Persönlich verriegelte er den Raum mit dem Toten und den Beweisstücken, bevor Leon dazu kommen konnte, den Inhalt des Glases zu begutachten.

»Haben Sie gelauscht?« fragte Leonora Malan, die fast noch ein Mädchen war.

Leon lächelte. »Nicht sehr«, sagte er. »Ich glaube nicht, daß es sich lohnen würde. Der gute Inspektor wird kaum etwas aus Ihrem Onkel herausbringen.«

»Keinesfalls wird er zugeben, daß er Onkel Roos vergiftet hat«, sagte sie schnell und so leise, daß man im Haus nichts hören konnte.

»Sind Sie denn sicher, daß es ein Giftmord ist?«

Sie nickte heftig. »Absolut. Das Glas auf dem Nachttisch. Ich bin sicher, daß sich darin Spuren von einem Gift nachweisen lassen. Rattengift. Er hat eine ganze Menge davon. Systematisch hat er Onkel Roos damit umgebracht. Jeden Tag ein bißchen mehr. Zuerst wurde ihm nur schlecht. Dann wurde er krank, und schließlich starb er.« Leonora Malan brach in Tränen aus. »Ich ... ich habe Sie zu spät angerufen«, schluchzte sie.

»Vielleicht ist das so, meine Liebe«, sagte Leon mitfühlend. »Aber es hat keinen Sinn, wenn Sie über Versäumtes Tränen vergießen. Sagen Sie mir lieber einen Grund, warum Cornelius seinen eigenen Bruder umgebracht haben könnte – ein Tatmotiv.«

»Geldgier.«

»Nun, es ist mir natürlich bekannt, daß man den Malans ein beträchtliches Vermögen nachsagt. Ich weiß auch, daß die Finanzbehörden alles darangesetzt haben, Cornelius und Roos Malan Steuerbetrug nachzuweisen. Dies ist allerdings ebensowenig gelungen, wie ihren Geschäftspraktiken auf die Schliche zu kommen. Man vermutet, daß sie ihre Finger lange im Devisengeschäft hatten, nachdem es ihnen gelang, das Grundkapital dazu auf Umwegen aus Südafrika herauszuschleusen.«

»Darüber weiß ich nichts«, sagte Leonora schnell. »Ich habe mich nie darum gekümmert, woher sie ihr Geld haben. Ich weiß nur, was mir Onkel Roos gesagt hat.«

»Und was hat Ihnen Onkel Roos gesagt?«

»Daß ich aufpassen soll.« Leonora wischte sich schnell die Augen aus. »Er wußte, daß er bald sterben würde. Und da warnte er mich vor seinem Bruder. Er fürchtete, daß Cornelius Malan mich um mein Erbteil betrügen würde und ich danach auf diesem Hof hier zu schuften hätte, ohne einen Schilling von dem Geld zu erhalten, das Onkel Roos für mich bestimmt hat.«

»Roos Malan hat Ihnen also Geld hinterlassen?«

»Ja.«

»Wissen Sie, wieviel?«

»Er hat nur einmal eine Summe genannt. Achtzigtausend Pfund, hat er gesagt. Das wäre sein Geld. Und niemand außer mir hätte ein Anrecht darauf. Außerdem hatte er seinen Hof, der allerdings ziemlich heruntergewirtschaftet ist. Als er krank wurde, holte ihn Onkel Cornelius zu sich.«

»Wann hat er Ihnen die Summe genannt?«

»Das ... das kann ich nicht mehr sagen. Ich weiß nicht mehr, wann es war.«

»Vor zwei Tagen? Vor einer Woche? Vor Monaten?«

»Es ... es sind vielleicht vier Wochen her.«

»Ein Monat also.«

»Ja. Vielleicht ein paar Tage länger.«

»Da war er schon krank?«

»Ja. Er hatte einen schlimmen Tag hinter sich. Am Abend brachte ich ihm das Essen. Er aß nicht mehr viel. Manchmal mußte ich ihn zwingen, überhaupt etwas zu essen.«

»Haben Sie mit Ihrem Onkel Cornelius jemals darüber gesprochen?«

»Nein. Niemals.«

»Und er hat Ihnen nicht heute oder zu irgendeinem anderen Zeitpunkt gesagt, daß Sie eine ziemlich große Summe erben würden, wenn Roos stirbt?«

»Nein! Im Gegenteil. Einmal hat er gesagt, daß es eine denkbar ungünstige Zeit wäre, wenn Onkel Roos jetzt sterben würde. Wegen Schulden, die er hätte, und wegen der Kosten für eine Beerdigung.«

Leon hob die Brauen. »Ein Mann, dem man ein Vermögen von mehreren hunderttausend Pfund nachsagt, macht sich Sorgen um die Beerdigungskosten für seinen Bruder?«

»Ja. So ist er. Ein Geizkragen. Immer jammert er über irgendwelche Kosten. Er gönnt sich selbst nichts. Seine Schuhe trägt er, bis sie ihm von den Füßen fallen. Er kauft sich nie Kleider. Die Pullover und Jacken habe ich alle selbst gestrickt. Seine Tagelöhner jagt er oft genug ohne Bezahlung vom Hof. Dabei hat er mehr Geld, als er jemals verbrauchen könnte.«

»Wissen Sie das bestimmt?«

Sie hob den Kopf. Ihre Augen wurden plötzlich trotzig.

»Jedermann weiß es, nicht?« sagte sie.

Leon lächelte. »Wer ist Jones?« fragte er, und ihre Reaktion verblüffte ihn. Sie zuckte zusammen, als er den Namen nannte, und dann stieg ihr die Röte ins Gesicht.

»Mr. Jones hat nichts damit zu tun«, entfuhr es ihr. »Woher wissen Sie überhaupt, daß . . .«

»Leonora!« Die rauhe Stimme von Cornelius Malan ließ die junge Frau verstummen. »Wo, zum Teufel, steckst du? Dieser dämliche Polizist will dir dämliche Fragen stellen.«

Sie sah Leon an, als ob sie bei ihm Hilfe zu erwarten hätte. Aber das wissende Lächeln, das seine Lippen umspielte, wich nicht von ihm. Es machte sie nervös.

»Gehen Sie«, sagte Leon leise. »Inspektor Dearborn ist ein netter Mensch. Er wird Ihrer hübschen Anekdote zweifellos Glauben schenken.«

»Ich . . . ich habe Sie nicht angelogen!« schnappte Leonora. »Wieso sollte ich Sie anlügen. Ich habe Sie doch angerufen.«

»Leider zu spät, wie Sie sehr wohl selbst erkennen mußten, meine Liebe«, gab Leon zurück.

Da senkte sie die Lider, und für einen Moment stand sie unschlüssig vor ihm. Schließlich drehte sie sich um und ging ins Haus. Leon schlenderte zum Schuppen hinüber.

Halbdunkel umfing ihn. Irgendwo gackerte ein Huhn. Es roch nach Heu und nach frisch geschlagenem Holz. Durch die Ritzen zwischen den Wandbrettern fiel fahles Licht in Streifen über den hartgestampften Boden, über die Ackergeräte und das Werkzeug und über einen alten Brückenwagen, dessen Deichsel senkrecht aufgerichtet war.

Leon blieb stehen. Hier, im Halbschatten der Toröffnung, hatte er die Umrisse einer Gestalt wahrgenommen, während er sich mit Leonora Malan vor dem Wohnhaus unterhalten hatte. Jetzt war niemand mehr da. Und trotzdem beschlich Leon ein Gefühl der Beklemmung. Es schien ihm, als würde er aus dem Dunkeln heraus beobachtet, als würden ihn wachsame Augen belauern. Er kannte dieses Gefühl, und es hatte ihn bis jetzt noch niemals getrogen. Auch diesmal ließ es ihn vorsichtig werden. Wachsam. Er lauschte in den Schuppen hinein, versuchte ein Geräusch wahrzunehmen, das ihn vor einer Gefahr gewarnt hätte, aber alles war still. Selbst das Huhn hatte zu gackern aufgehört.

»Jemand hier drin?« fragte Leon halblaut. Er bekam keine Antwort. In diesem Moment erklang entferntes Motorengeräusch. Durch ein kleines, mit Spinnweben verhangenes Fenster sah Leon zwei Autos auf dem Feldweg, weit draußen in der Ebene. Das mußten die Beamten von Scotland Yard sein, die Dearborn herbeordert hatte.

Leon wollte sich umdrehen und den Schuppen verlassen. In diesem Moment nahm er eine Bewegung wahr, nicht mehr als ein Schatten über ihm. Dann glänzte blanker Stahl im Zwielicht, und Leon sprang instinktiv zur Seite, als eine schwere Heugabel dicht an seinem Kopf vorbeisauste und sich mit vier spitzen Stahlzinken in ein morsches Seitenbrett des alten Wagens bohrte. Der lange Stiel federte ein wenig und berührte beinahe Leons Schulter, der sich herumgeworfen hatte und zum Heuboden hochstarrte. Doch dort oben rührte sich nichts. Kein Geräusch war zu hören, keine Bewegung zu erkennen.

Draußen, auf dem Hof, hielten die beiden schwarzen Limousinen an. Hinter der Windschutzscheibe des ersten sah Leon das schmale Gesicht von Kriminalunterkommissar Peter Roos, der eine Zigarette im Mundwinkel hatte. Roos war der erste, der ausstieg.

»Halten Sie bitte mal das Tor im Auge, Kommissar!« rief ihm Leon zu, und bevor Roos dazu kommen konnte, ihm irgendwelche Fragen zu stellen, lief er durch den Schuppen zur Leiter, die auf den Heuboden führte.

4. Kapitel
Rätselhafte Todesursache

Da oben war niemand. Im ganzen Schuppen fand Leon keine Spur eines möglichen Übeltäters. Trotzdem war er davon überzeugt, daß die Gabel nicht zufällig vom Heuboden gefallen, sondern von jemand mit großer Wucht geschleudert worden war. Die blanken Zinken hatten nämlich das Wagenbrett glatt durchschlagen, und allein die Vorstellung, daß ihn die Gabel getroffen hätte, ließ Leon Gonsalez erschaudern.

Die Frage war nur, wer es in einer solch unmißverständlichen Art auf sein Leben abgesehen hatte. Soviel er wußte, beschäftigte Cornelius Malan zur Zeit nur zwei Streuner als Tagelöhner. Die beiden, so hatte Malan dem Inspektor erzählt, waren in einem kleinen Forst mit dem Schlagen von Brennholz beschäftigt. Konnte einer von ihnen seinen Arbeitsplatz verlassen haben und unbemerkt zum Schuppen gelangt sein?

Leon fand keine Antwort auf diese Fragen. Er verließ den Schuppen. Draußen standen die Beamten herum, die mit Peter Roos gekommen waren. Und Dearborn streckte den Kopf aus dem Küchenfenster und rief, daß man sofort mit der Spurensicherung beginnen solle.

»Dr. Stevens, knöpfen Sie sich sofort den Ermordeten vor! Roos, beschäftigen Sie die Leute. Los, ich will hier nicht das nächste Wochenende verbringen!«

Dearborn war in seinem Element. Nach einer Stunde Verhör stand für ihn eindeutig fest, daß Cornelius Malan seinem Bruder eine gehörige Portion Rattengift verpaßt hatte, so daß dieser irgendwann um Mitternacht herum gestorben war. Genaues wußte natürlich niemand, aber auch

Leon Gonsalez neigte dazu, den Fall als geklärt anzusehen, als Dr. Stevens nach genau zwei Stunden und vierzig Minuten alle Anwesenden mit einem niederschmetternden Befund überraschte.

»Meiner Ansicht nach ist Roos Malan eines ganz natürlichen Todes gestorben«, sagte er ruhig und zeigte auf das Glas, von dem die Beamten der Spurensicherung verschiedene Fingerabdrücke genommen hatten. »Es scheint, daß dieses Glas nichts anderes als ein gewöhnliches Schmerzmittel enthalten hat. Aspirin wahrscheinlich.«

Leon Gonsalez, der bei der Tür an der Wand lehnte, sah, wie Dearborn vor Aufregung rote Flecken ins Gesicht kriegte.

»Was heißt hier ›es scheint‹ und ›wahrscheinlich‹, zum Teufel? Haben Sie nun die Todesursache festgestellt oder nicht?«

Dr. Stevens lächelte flüchtig. »Genau natürlich nicht, Inspektor. Mir fehlen hier die Möglichkeiten zu einer gründlichen Untersuchung.«

»Und wie kommen Sie dann zu Ihrem merkwürdigen Befund?«

Jetzt lächelte der Arzt. »Persönliche Erfahrungswerte. Außerdem sind an dem Glas dort, das Kommissar Roos so behütet, nur die Fingerabdrücke von Roos Malan und von Miß Leonora Malan gefunden worden. Es scheint, daß Roos Malan sich selbst mit Arznei versorgt hat, weil er sich unwohl fühlte, oder daß Miß Leonora ihm . . .«

»Leonora Malan ist sich sicher, daß das Glas nicht auf dem Nachttisch gestanden hat, als sie ihren Onkel zum letztenmal aufsuchte«, unterbrach Dearborn den Arzt.

»Vielleicht erinnert sie sich nicht«, entgegnete Dr. Stevens schulterzuckend. »Nun, das Verhör der Verdächtigen gehört glücklicherweise nicht zu meinem Aufgabenbereich. Ich kann Ihnen nur sagen, was ich bei der ersten Untersuchung festgetellt habe. Eine Obduktion, die wir in

London durchführen werden, wird wahrscheinlich meinen ersten Befund bestätigen. Tut mir leid, Inspektor.«

Philander Dearborn ließ die Schultern sinken. Man konnte ihm ansehen, wie betroffen er war. Leon klopfte ihm sanft auf die Schulter. »Machen Sie sich nichts daraus«, sagte er freundschaftlich. »Ich bin sicher, daß hier nicht alles mit rechten Dingen zugegangen ist.«

Der Inspektor fuhr herum. »Was meinen Sie damit?« fragte er heftig.

Leon lächelte. »Jemand hat versucht, mich mit einer Heugabel umzubringen.«

Ungläubig starrte Dearborn Leon an. »Sagen Sie, wollen Sie mich zum Narren halten?« fragte er dann grimmig.

»Absolut nicht, Verehrtester.« Leon lächelte und erzählte Dearborn von dem Vorfall, der ihn beinahe das Leben gekostet hatte. »Ich bin sicher, daß es kein Zufall war«, schloß er und zeigte auf den Hof hinaus, wo sich Cornelius Malan angestrengt mit einem Beamten von Scotland Yard unterhielt. Der große, schwergewichtige Mann trug Handschellen. »Ob Cornelius Malan allerdings etwas damit zu tun hat, weiß ich nicht.«

Dearborn kniff die Augen ein wenig zusammen. Er traute Leon nicht. Zu oft hatte ihn dieser auf seine schlitzohrige Art hinters Licht geführt.

»Warum haben Sie mir nicht gleich davon erzählt, Gonsalez?« fragte er ärgerlich. »Vielleicht wäre es uns gelungen, den Täter zu erwischen.«

»Sie waren viel zu sehr damit beschäftigt, Cornelius Malan auf den Zahn zu fühlen«, gab Leon lächelnd zurück. »Außerdem ist ja nichts passiert, nicht wahr?«

Dearborn murmelte etwas, was niemand verstehen konnte. Dann stampfte er aus dem Haus und gebot dem Beamten draußen, Cornelius Malan die Handschellen abzunehmen. Der Beamte kam diesem Befehl nur zögernd nach, denn Malan hatte gedroht, sämtlichen Polizeibeamten eigenhändig das Genick zu brechen, sobald er wieder frei sein würde.

Dearborn ermahnte ihn, vernünftig zu sein. »Mister Malan, ich darf Ihnen vielleicht raten, sich uns gegenüber kooperativ zu verhalten, sonst könnte es leicht dazu kommen, daß wir Sie doch noch verhaften und nach London bringen. Es genügt eigentlich eine geringe Beamtenbeleidigung.«

»Sie können mich mal, Inspektor!« knurrte Cornelius Malan. Und als er die Hände frei hatte, ballte er sie zu Fäusten. »Ich will keinen von euch mehr hier auf meinem Hof sehen, sonst passiert etwas! Und Ihre Drohungen schrekken mich nicht, Inspektor. Dies ist mein Grund und Boden! Der einzige, der hier ein Recht hat, bin ich! Ich hoffe, das geht in Ihren Polizistenschädel rein, bevor ich mich genötigt fühle, eigenhändig etwas nachzuhelfen.«

Dearborn zog es vor, Cornelius Malan in Ruhe zu lassen. Er wußte inzwischen, daß er es mit einem Mann zu tun hatte, der keine Furcht kannte. Cornelius Malan war ein dickschädeliger Gewaltmensch, der sich ein Leben lang durchgesetzt hatte. Solche Menschen waren Philander Dearborn aus tiefstem Herzen zuwider, und während Malan seinem Unmut Luft verschaffte, nahm sich der Inspektor vor, diesen Fall mit besonderer Sorgfalt zu behandeln.

Die Beamten von Scotland Yard verließen gegen Mittag den Malan-Hof, nachdem ein Leichenwagen aus London den toten Roos abgeholt hatte.

Inspektor Dearborn und Leon Gonsalez waren die letzten, die sich zur Rückfahrt anschickten. Bevor sie einstiegen, wandte sich Leon Gonsalez an Cornelius Malan, der vor dem Haus stand und finster herüberblickte. »Eine Frage noch, Mr. Malan. Was passiert jetzt eigentlich mit dem Vermögen Ihres Bruders? Hat er vielleicht ein Testament hinterlassen, oder . . .«

»Vermögen!« brüllte Cornelius Malan, und sein Kopf

färbte sich vom Hals her dunkelrot. »Zum Teufel damit! Roos hat keinen blutigen Schilling auf seinen Namen. Wir sind Bauersleute, Gonsalez! Woher sollten wir ein Vermögen haben?«

»Aus Spekulationsgeschäften in Südafrika.«

Cornelius Malan schäumte fast vor Wut, als er jetzt auf den Dienstwagen zukam. »Verschwindet von meinem Hof! Keiner von euch Schnüfflern hat hier etwas zu suchen! Und diesem Jones könnt ihr sagen, daß er aufpassen soll. Auf meinem Hof hat er nichts verloren, und sollte ich ihn trotzdem in der Nähe erwischen, kriegt er eine Tracht Prügel verpaßt, daß ihm Hören und Sehen vergeht!«

»Los, fahren Sie«, sagte Leon schnell und stieg ein. Dearborn drehte den Schlüssel, und der Motor sprang sofort an. Der Inspektor ließ es sich aber nicht nehmen, auf dem Hof noch eine Runde zu drehen, und als sie wieder an Cornelius Malan vorbeikamen, fuhr er durch eine Pfütze. Dreck klatschte gegen den großen Mann, der seine Fäuste schwang und hinter der Limousine herbrüllte.

Dearborn schmunzelte still vor sich hin, während er den alten Karrenweg hinunterfuhr, der zur Hauptstraße führte. Erst als sie wieder eine Weile gefahren waren, wandte er sich an Leon. »Glauben Sie wirklich, daß Cornelius Malan eine saubere Weste hat?«

»Ich weiß es nicht.«

»Ehrlich?«

Leon grinste. »Ehrlich.«

»Ich glaube Ihnen nicht, Gonsalez.«

»Das ist Ihre Sache.«

Schweigen. Dearborn schwenkte auf die Hauptstraße ein, schaltete in den vierten Gang und gab Gas.

»Wer ist eigentlich dieser Jones?«

»Keine Ahnung. Einer, der etwas mit Leonora zu tun hat.«

»Was halten Sie von dem Mädchen?«

Leon seufzte. »Ein hübsches Kind«, sagte er. »Sie ist davon überzeugt, daß Cornelius Malan seinen Bruder umgebracht hat. Absolut.«

»Er wird ihr ein schlimmes Leben bereiten, wenn er erfährt, daß sie es war, die angerufen hat.«

»Das wird er nicht erfahren. Er glaubt, daß dieser Jones uns alarmiert hat.«

»Jones? Wenn ich nur wüßte, wer der Kerl ist.«

»Ich dachte, Sie hätten Leonora verhört.«

»Von Jones hat sie nichts gesagt. Und Cornelius Malan schimpfte nur über ihn. Er hält ihn für einen dahergelaufenen Strolch, der sich an Leonora herangemacht hat, um sich in ein gemachtes Nest zu setzen. Aber so, wie ich Malan kenne, wird er ihm die Suppe gehörig versalzen.«

Leon hatte es sich auf dem Sitz bequem gemacht. Er hielt die Augen geschlossen, um sich besser zu konzentrieren. Während Dearborn redete, dachte er noch einmal an alles, was bis jetzt passiert war. Irgendwie, so glaubte er, hatte er etwas übersehen, was vielleicht wichtig war. Irgendwann hatte er nicht genug aufgepaßt; denn auch wenn die Untersuchung von Dr. Stevens nichts ergeben hatte, so war er doch davon überzeugt, daß Cornelius Malan nicht unschuldig am langsamen Sterben seines Bruders war.

Da nicht zu erwarten war, daß bei Scotland Yard bereits ein Obduktionsbefund vorlag, ließ sich Leon Gonsalez nach Hause fahren. Dearborn versprach ihm, sich sofort zu melden, falls es etwas Neues gab. »Ich hoffe, daß wir in diesem Fall Hand in Hand arbeiten, Gonsalez, falls es sich tatsächlich herausstellen sollte, daß Roos Malan ermordet worden ist.«

Im kleinen Haus an der Curzon Street wurde Leon von seinen beiden Gefährten Raymond Poiccart und George Manfred empfangen. Poiccart sah nicht besonders gut aus; er hatte drei äußerst unangenehme Stunden im Stuhl eines

Zahnarztes verbracht, den er für den kaltblütigsten Henkersknecht hielt. Seine rechte Backe war geschwollen, und er hatte noch immer kein Gefühl in den Lippen.

»Wurzelbhandlung«, sagte er, als hätte er den Mund voll Kartoffelbrei.

Leon schenkte ihm ein mitfühlendes Lächeln und verschwand zur Überraschung von Poiccart und Manfred im Archivraum. Zwei Stunden lang mußten sie auf sein Wiedererscheinen warten, und als er endlich herauskam, sah er ziemlich erschöpft aus. Trotzdem fragte ihn Manfred sofort, was mit dem Fall in Oxfordshire nun überhaupt los wäre.

»Vorläufig gibt es keinen Fall in Oxfordshire«, sagte Leon und machte es sich auf dem dick gepolsterten Sofa des Salons bequem. »Dearborn hat zwar umgehend einen Hauptverdächtigen festgenommen, aber nachdem ein Arzt vom Yard feststellte, daß Roos Malan keineswegs einem Giftmörder zum Opfer gefallen war, mußte er dessen Bruder Cornelius wieder freilassen.«

Leon erzählte seinen beiden Gefährten, was draußen auf dem Malan-Hof vorgefallen war, verschwieg ihnen aber, daß jemand versucht hatte, ihn mit einer Heugabel umzubringen. Obwohl Poiccart noch halb benommen war und derart unter Schmerzen litt, daß ihm die Augen tränten, schüttelte er nach Leons Ausführungen verständnislos den Kopf. »Ist denn keinem in den Sinn gekommen, etwas mehr über den geheimnisvollen Mr. Jones in Erfahrung zu bringen?« fragte er.

»Wer mich persönlich mehr interessiert, ist Leonora, das schöne Kind«, sagte Manfred hintergründig. »Könnte es sein, daß sie versucht hat, Onkel Cornelius eins auszuwischen? Wer ist sie überhaupt? Warum hat sie uns alarmiert? Wo war sie, als Roos Malan starb? Das sind doch alles Fragen, die sich einem geradezu aufdrängen.«

Leon lächelte. »Dearborn leitete die Untersuchung. Ich

war sozusagen nur als Gast zugegen. Er hat auch besonders aufgepaßt, daß ich keine eigenmächtigen Handlungen vornahm. So gelang es mir nicht, mich mit Leonora länger zu unterhalten.«

»Und was gedenkst du jetzt zu unternehmen?« fragte Poiccart.

»Vorläufig nichts. Ich habe mir Notizen gemacht. So wie sich die Situation im Moment darstellt, wird Scotland Yard den Leichnam demnächst freigeben müssen. Dearborn wird mir Bescheid geben, sobald dies passiert. Ich erwarte auch, daß sich Leonora erneut meldet, obwohl sie, wie mir scheint, damit ein ziemliches Risiko einginge.«

»Du meinst, daß Cornelius Malan das Mädchen zum Schweigen bringen könnte, wenn er erführe, daß sie mit uns in Verbindung getreten ist?«

»Er ist ein unbeherrschter Mensch«, sagte Leon. »Ich könnte mir vorstellen, daß Leonora tatsächlich in Gefahr ist.«

»Dann ist es von absoluter Notwendigkeit, daß wir sie schützen«, sagte Manfred sofort. »Sie hat sich in ihrer Not an uns gewandt, nicht wahr? Ich schlage vor, daß ich mich persönlich um sie kümmere.«

»Und wie willst du dabei vorgehen?« fragte Poiccart anzüglich. Es gelang ihm dabei sogar, das Gesicht zu einer Grimasse zu verziehen.

»Ich fahre morgen nach Oxfordshire und überrede Leonora dazu, mit mir nach London zurückzukehren, wo sie wenigstens vorläufig in Sicherheit wäre.«

»Nein, mein Lieber«, entgegnete Poiccart. »Diese Angelegenheit erfordert höchstes Fingerspitzengefühl.«

»Soll das heißen, daß du an meiner besonderen Begabung zweifelst, einem hübschen Mädchen in seiner Not beizustehen, Raymond?« fragte Manfred und hob seine Brauen.

»Absolut nicht. Ich fürchte nur, daß man dich sofort als

Schürzenjäger entlarven könnte, bevor du Gelegenheit hättest, Leonora von deiner Hilfsbereitschaft zu überzeugen. Nein, mein Lieber, auch wenn du dir alle Mühe gibst und dich entsprechend verkleidest, kauft man dir dort draußen den Tagelöhner nicht ab.«

»Soll das heißen, daß du im Sinn hast, für Cornelius Malan Holz zu spalten?«

Poiccart nickte. »Erraten, George, Leon wird mir beipflichten, wenn ich sage, daß sich einer von uns unerkannt auf dem Malan-Hof einnisten muß, um Leonora im Auge zu behalten und Cornelius Malan auf die Finger zu sehen. Da Leon sofort erkannt würde und du dazu nicht unbedingt die besten Voraussetzungen hast, bleibt nur einer von uns übrig, und das bin ich.«

»Und der Haushalt hier?« wandte Manfred scharf ein. »Wer sorgt dafür, daß frische Astern in die Vase kommen? Wer hilft der Putzfrau, wenn schwere Möbelstücke gerückt werden müssen? Wer schenkt dem Briefträger das gewohnte Lächeln, und wer holt jeden Morgen frische Brötchen?«

Jetzt grinste Poiccart geradezu unverschämt. »Du«, sagte er, ohne zu zögern. »Und damit du zurechtkommst, mache ich dir eine Einkaufsliste, die . . .«

Das Telefon klingelte, und trotz Zahnschmerzen hob Poiccart wie gewöhnlich ab.

Dearborn war am Apparat. »Geben Sie mir bitte mal Gonsalez«, verlangte er beinahe unwirsch.

»Moment, ich verbinde«, entgegnete Poiccart, machte zwei knackende Geräusche mit dem Mund und übergab Leon den Hörer.

»Der Obduktionsbefund ist raus«, sagte Dearborn sofort. »Was glauben Sie, was er ergeben hat?«

»Daß Roos Malan eines natürlichen Todes gestorben ist«, sagte Leon.

»Richtig, aber vielleicht auch nicht. Der alte Knacker ist

jedenfalls nicht durch Rattengift ums Leben gekommen. Im Glas war übrigens nichts anderes als Wasser, in dem ein schmerzbetäubendes Mittel aufgelöst worden war. Die Fingerabdrücke von Roos Malan waren drauf und die von Leonora. Keine zusätzlichen von Cornelius oder von einer anderen Person.«

»Und?« fragte Leon ruhig.

»Das scheint Sie bisher ganz und gar nicht zu überraschen, wie?«

»Ich muß Ihnen gestehen, daß ich eigentlich damit gerechnet habe, Verehrtester«, erwiderte Leon. »Hat man denn festgestellt, woran Roos Malan wirklich gestorben ist?«

»Jetzt kommen wir zum springenden Punkt, Gonsalez. Es scheint, daß Roos Malan an einer äußerst rätselhaften Krankheit litt. Seine Nieren und die Leber waren völlig im Eimer. Außerdem sind ihm anscheinend in wenigen Monaten die Haare büschelweise ausgefallen. Außergewöhnliche Lähmungserscheinungen müssen ihn während der letzten paar Wochen immer mehr verkrüppelt haben. Er konnte kaum mehr schlucken. Seine Durchblutung war gestört. Sein Verdauungsapparat funktionierte nicht mehr richtig. Seine Blase versagte. Er litt unter plötzlich auftretenden Atemschwierigkeiten und war oft dem Erstickungstod nahe. Außerdem waren seine Fingernägel so spröde, daß sie unter dem leisesten Druck splitterten.« Dearborn holte tief Luft. »Was sagen Sie nun, Gonsalez?«

»Ich bin sprachlos.«

»Well, es freut mich, daß ich Sie einmal überraschen konnte. Roos Malan erlag einer Herzlähmung. Sein Herz versagte plötzlich. Ein völlig natürlicher Tod.«

»Aber die Vorgeschichte klingt nach Gift!«

»Richtig. Man ist dabei, die Leber zu untersuchen. Obwohl es den Anschein hat, als wäre Roos Malan langsam mit Gift umgebracht worden, hat man bis jetzt nicht die geringsten Giftrückstände festgestellt. Nicht einmal Spuren, Gonsalez. Nichts. Stevens meint, daß man Experten vom Kontinent zuziehen müßte. Afrikaexperten vielleicht.«

»Sie meinen, es könnte sich um ein Gift handeln, das der zivilisierten Welt noch unbekannt ist?« fragte Leon zurück.

»Das meint Stevens. Und ich muß gestehen, daß ich den Gedanken nicht für abwegig halte. Die Malan-Brüder haben sich lange in Südafrika aufgehalten. Könnte gut sein, daß sie dort unten im tiefsten Dschungel auf Schwarze gestoßen sind, die so ein Gift herstellen.«

»Ein Gift, das sich im Körper spurlos auflöst, nachdem es seine Wirkung getan hat?« fragte Leon zweifelnd.

»Warum nicht?« Dearborn entschuldigte sich, weil er seine Nase putzen mußte. Als er damit fertig war, klang seine Stimme, als hätte er den Telefonhörer im Mund. »Ich werde morgen noch einmal zum Malan-Hof hinausfahren und mir Cornelius Malan vorknöpfen«, sagte er. »Wollen Sie mitkommen?«

»Nein«, sagte Leon, ohne zweimal darüber nachzudenken.

»Und warum nicht, wenn ich fragen darf?«

»Weil Cornelius Malan ein Mann ist, der seine Drohungen wahrmachen könnte, Verehrtester. Und warum sollte ich Kopf und Kragen riskieren, nur um einem Mann ein paar Fragen zu stellen, der diese sowieso mit einer Lüge beantworten wird.«

»Was haben Sie dann vor, Gonsalez?«

»Nichts.«

»Unmöglich«, entfuhr es Dearborn. »Sie wissen etwas, das ich nicht weiß, nicht wahr?«

»Nein. Ich weiß nichts«, sagte Leon. »Aber Ihre Theorie macht mich neugierig. Falls Sie wohlbehalten aus Oxfordshire zurückkehren, rufen Sie mich doch bitte an.«

»Machen Sie sich nur keine Sorgen um mich, Gonsalez!«

knurrte Dearborn und hängte ein. Leon legte den Hörer sachte auf die Gabel, lehnte sich zurück und schlug die Beine übereinander. »Snake-Eye läßt sich nicht davon abbringen, sein Leben aufs Spiel zu setzen«, sagte er.

»Er fährt morgen noch einmal nach Oxfordshire hinaus«, sagte Manfred, und das war eher eine Feststellung als eine Frage.

Leon nickte. »Und er hat mich eingeladen.«

»Natürlich gehst du nicht.«

»Natürlich«, nickte Leon. »Es genügt, wenn sich einer von uns um die Sache kümmert.«

Poiccart, der seine geschwollene Wange betastete, hob den Kopf.

»Du meinst also auch, daß ich mich an Cornelius Malan heranmachen soll?«

»Ich kenne keinen, dem dies eher gelingen könnte als dir, Raymond. Malan hat zwei Tagelöhner, die für ihn arbeiten. Ich weiß nicht, ob er zur Zeit einen dritten einstellen wird, aber die Sache ist einen Versuch wert. Wir fahren morgen in die Jermyn Street und kleiden dich entsprechend ein.«

»Und was bleibt mir zu tun übrig?« fragte Manfred beinahe etwas verstimmt. »Es gab Zeiten, da habe ich zumindest ein Wort mitreden können, wenn es darum ging, wichtige Entscheidungen zu treffen.«

»Lord Cunningham und seine Tochter Elvira«, sagte Leon und stand auf. »Du wolltest dich doch unbedingt um diesen Fall kümmern.«

Manfred verzog sein Gesicht. Lord Cunningham war ein alter Geizkragen, und seine Tochter war ein wahrer Habicht. Beide hatten es auf das Vermögen eines Industriellensohnes abgesehen, der Elvira in einem Zustand geistiger Umnachtung die Heirat versprochen hatte. Als er wieder klar bei Verstand war, floh er und tauchte unter. Cunningham hatte das Silberne Dreieck um Hilfe gebeten, und

Manfred war dabei die recht eintönige und nicht besonders dankbare Aufgabe zugefallen, eine Villa in Belgravia zu beobachten, in der sich der Industriellensohn vermutlich versteckt hielt.

George Manfred verließ den Salon ziemlich aufgebracht, machte sich in der Küche ein Sandwich zurecht und goß eine Thermosflasche voll Tee. Es war schon dunkel, als er das kleine Haus an der Curzon Street verließ, ohne sich von seinen beiden Gefährten zu verabschieden. Unten begegnete er Mrs. Tripplestick, die vor dem Haus stand, als hätte sie auf ihn gewartet.

»Oh, Mister Manfred. Schön, daß ich Sie treffe. Mein Mann ist ganz versessen darauf, mit Ihnen eine Partie Bridge zu spielen.«

Manfred winkte ein Taxi heran und versprach Mrs. Tripplestick, sich übernächste Woche ganz bestimmt zu melden. »Nächste Woche sogar«, verbesserte er sich schnell, als sie heftig an seinem Trenchcoat zu zerren begann. Er kam frei, riß die hintere Tür des Taxis auf und sprang hinein.

»Belgravia«, sagte er keuchend zu dem Fahrer. »Eaton Place.«

Der Fahrer grinste. »Ehekrach«, sagte er, als wäre er dabei, ein Kreuzworträtsel zu lösen, und er blinzelte dabei unverschämt mit einem Auge in den Rückspiegel. »Herzliche Anteilnahme, Sir.«

»Mrs. Tripplestick ist eine Nachbarin«, knurrte Manfred grimmig, »und mindestens vierzig Jahre älter als ich.«

Darauf erwiderte der Taxifahrer nichts mehr, und er wunderte sich auch nicht, als er am Bestimmungsort von seinem verstimmten Fahrgast nur einen halben Schilling Trinkgeld erhielt.

5. Kapitel
Der alte Kreuzweg

Als Cornelius und Roos Malan aus Afrika nach England übersiedelten, kauften sie sich zwei Gehöfte, beide südwestlich von Oxfordshire gelegen. Obwohl die beiden Wohnhäuser nur zwei Kilometer voneinander entfernt waren, hatten sie keine Sichtverbindung. Eine Hügelkette zog sich mitten durch die Ebene und bildete ein natürliches Hindernis und eine Grenze zwischen den beiden Höfen und den dazugehörigen Weiden und Feldern. Ein schmaler Karrenweg verband beide Höfe. Von Roos Malans Hof führte er nur noch bis zum Forst hoch, wo er an einem alten Steinbruch endete. Nur der Hof von Cornelius Malan war durch eine holprige, ungeteerte Straße mit Oxfordshire verbunden. Wer Roos Malan besuchen wollte, mußte deshalb zwangsläufig am Hof von Cornelius vorbei, es sei denn, er mied die Straße.

Inspektor Philander Dearborn hatte eigentlich vor, zu *Roos* Malans Hof zu fahren, nachdem er von dessen Existenz erfahren hatte. Er fragte deshalb im Dorf um Rat, aber eine alte Frau, die Holzscheite in einen Korb tat, warnte ihn davor, allein hinauszufahren.

Die Alte, bis auf die Knochen ausgemergelt, mit einem faltigen Gesicht und kleinen, listig glitzernden Äuglein, spuckte aus und beugte sich so nahe ans Autofenster herunter, daß Dearborn die weißen Bartstoppeln an ihrem Kinn hätte zählen können. Sie hob einen knorpeligen Finger, dessen Nagel lang und braun war. »Der alte Roos ist tot«, sagte die Alte mit krächzender Stimme. »Die Leute sagen, sein Bruder hätte ihn umgebracht. Aber ich weiß, daß es nicht sein Bruder war.«

Dearborn hob die Brauen. »Wer war es dann?« fragte er.

Die Alte beugte sich noch tiefer herunter. Ihr Atem stank nach sauren Äpfeln. Das konnte Dearborn riechen, obwohl seine Nase zu war. »Luzifer«, flüsterte sie. »Halb Mensch, halb Ziegenbock ist er. Ich habe ihn mit eigenen Augen gesehen. An einem Freitag. Um Mitternacht. Der dreizehnte war es. Da sah ich ihn aus dem Forst kommen, und die Spitzen seiner Hörner glühten wie Irrlichter. Sein Bart war so lang, daß er ihm über die Brust auf den Boden herunterhing, wenn er sich auf seinen Hinterhufen aufrichtete. In seinen Augen leuchtete blanke Mordlust. Ich wollte erst davonlaufen, aber da sah ich, daß er es gar nicht auf mich abgesehen hatte. Er ging hinunter zum Hof des alten Roos, und dieser ließ ihn herein. Ich hörte sie grölen und lachen. Erst lange nach Mitternacht gingen im Haus die Lichter aus. Nur noch ein Licht brannte, im Zimmer des Mädchens. Leonora heißt es. Und es schrie. Aber niemand hörte es. Niemand wollte es hören. Da bin ich ins Dorf gelaufen.« Die Alte richtete sich etwas auf und spuckte auf den Boden. »Nein, dorthin würde ich nie im Leben gehen, nicht einmal, wenn mir jemand alles Gold und Geld der Welt verspräche.«

Dearborn hatte zugehört, ohne mit der Wimper zu zukken. Er wußte, wie abergläubisch die Leute hier auf dem Land noch waren. Doch oft war in ihren Geschichten mehr als nur ein Funke Wahrheit. Daß die Alte allerdings den Teufel gesehen hatte, das konnte er beim besten Willen nicht glauben.

»Sie meinen also, daß der Hof des alten Roos verhext ist?« fragte er deshalb zweifelnd.

»Verhext! Jawohl!« Und jetzt kicherte die Alte. »Luzifer geht dort ein und aus. Frag das Mädchen. Sie allein kennt die Wahrheit.«

»Und wie könnte ich zum Hof des alten Roos gelangen,

ohne daß mich sein Bruder Cornelius bemerkt?« fragte Dearborn so harmlos wie möglich. »Gibt es einen anderen Weg als den, der am Hof von Cornelius vorbeiführt?«

»Der alte Kreuzweg«, flüsterte die Alte. »Keiner, der ihn gegangen ist, kam lebend zurück, sagte man. Früher war das so. Zur Zeit von Charles dem Zweiten. Damals war dort draußen, wo sich jetzt der Hof vom alten Roos befindet, die Hütte eines Einsiedlers. Die Leute nannten ihn den Mönch von Oxfordshire. Niemand sah ihn je ohne seinen langen schwarzen Mantel und seine Kapuze.«

»Das ist einige Jahrhunderte her«, sagte Dearborn, der nicht verhindern konnte, daß ihm ein Frösteln über den Rücken lief. »Der Mann muß längst tot sein.«

»Seine Seele geistert dort draußen herum. In mondlosen Nächten kann man ein Licht auf dem Kreuzweg sehen, das sich langsam von Station zu Station bewegt. Luzifer wollte die Seele des Mönchs, aber er kriegte sie nicht. Deshalb kommt er her und holt sich die von den Menschen, die sich dort draußen niederlassen.«

»Wo finde ich den Anfang des Kreuzweges?« fragte der Inspektor, jetzt schon etwas ungeduldig.

Die Alte zeigte mit einer vagen Handbewegung ins Land hinaus. »Das große Kreuz auf dem Weg zum Hof von Cornelius Malan ist der Anfang«, sagte sie mit leiser Stimme. Und dann kicherte sie. »Von dort wirst du den Weg schon finden, glaube es mir.«

Kaum hatte die Alte ausgesprochen, rief eine Frauenstimme nach ihr, die von der anderen Straßenseite zu kommen schien. »Mattie! Mattie, was redest du mit Fremden? Komm sofort heim!« Die Alte hörte den Ruf und duckte sich etwas, als wollte sie sich hinter der schwarzen Limousine des Inspektors verbergen.

Durch das Seitenfenster bemerkte Dearborn in der Türöffnung eines alten Backsteinhauses die Umrisse einer Frauengestalt, die entweder hellblondes oder schlohweißes Haar hatte. Genau konnte Dearborn es nicht sehen, denn die Gestalt war nur für einige Sekunden sichtbar, bevor sie in der Dunkelheit des Flurs verschwand.

»Wer ist die Frau, die nach dir gerufen hat, Mattie?« fragte Dearborn. »Deine Tochter?«

Er bekam keine Antwort. Als er sich wieder nach der alten Frau umsah, stand sie nicht mehr neben dem Dienstwagen. Er sah sie die Straße hinuntereilen, so schnell dies ihre morschen Knochen und die verkrüppelten Beine zuließen. Dearborn überlegte, ob er ihr nachfahren sollte, aber noch bevor er sich entscheiden konnte, war sie zwischen zwei Häusern verschwunden.

Dearborn seufzte, betätigte den Anlasser und fuhr langsam die breite, leere Dorfstraße hinunter. Hier in Oxfordshire würde er keine vernünftigen Auskünfte kriegen, dessen war er sich absolut sicher. Die Leute hier lebten ihr eigenes Leben. Hier gab es noch Geister. Hier gab es vielleicht sogar noch Hexen, und nachts, wenn sich bei Vollmond die Wolken am Himmel jagten, fürchteten die Leute Luzifer, den Leibhaftigen, der unterwegs war, um sich an einem armen Sünder zu vergreifen. Und er tanzte mit den verlorenen Seelen der Vergangenheit, mit Charles dem Zweiten, mit dem Einsiedler, der dort draußen in der Einöde verhungert war, und mit den keifenden Schwestern vom Hazlewood-Hof, der in einer eisigen Februarnacht vor mehr als zweihundert Jahren niedergebrannt war.

Dearborn hatte genug von diesen und ähnlichen Geschichten gehört. Er erinnerte sich auch, wie er sich als Junge davor gefürchtet hatte, in den Keller zu gehen und Kartoffeln zu holen, wie er am Sonntag in der Kirche für die armen Seelen gebetet hatte und wie er nachts oft schweißgebadet aufgewacht war, weil er von schwarzen, rattenschwänzigen Teufeln geträumt hatte, die hinter ihm herhetzten, um ihn mit ihren feurigen Zackenspeeren aufzuspießen.

Sogar jetzt noch fröstelte es ihn, wenn er an bestimmte Nächte dachte, in denen er Stimmen gehört hatte und Vater mit der Kerze in der Hand durch das Haus schlich, weil irgendwo ein plötzlicher Windstoß ein Fenster aufgestoßen hatte . . .

Dearborn verpaßte fast den Anfang des Feldweges, so sehr war er in Gedanken mit seiner Vergangenheit beschäftigt. Er mußte scharf bremsen, dann sogar etwas zurücksetzen, aber schließlich erwischte er die Abzweigung. Ganz langsam, vorsichtig allen Schlaglöchern ausweichend, fuhr er in seinem fast neuen Wolseley in die Einöde hinaus, und seltsamerweise kam sie ihm heute nicht mehr so heimisch und rein vor wie am Tag zuvor, als Leon Gonsalez dabeigewesen war. Jetzt fühlte er sich hier draußen fehl am Platz, und das Land wirkte so kalt und grau, als wollte es ihm zeigen, wie sehr er hier draußen als Fremder unerwünscht war.

Über den Hügeln war der Himmel dunkel. Eine schmutzige, tiefhängende Wolkendecke breitete sich über der Ebene aus. Von einem brachliegenden Acker hob sich ein Schwarm Krähen. Obwohl der Motor des Wolseley ziemlich laut war, hörte Dearborn das krächzende Geschrei. Er beobachtete die Krähen, die in weitem Kreis flogen und sich in einem Gestrüpp niederließen, auf das der Weg zuführte.

Nach einigen Minuten war Dearborn wieder bei dem alten Wegkreuz, das aus dem kahlen Gestrüpp ragte. Dahinter war das Geäst schwarz von den Krähen und Raben, die sich von ihm nicht aufschrecken ließen.

Er hielt den Wagen an, ließ aber den Motor laufen. Einige Minuten blickte sich Philander Dearborn nach allen Richtungen um, aber nirgendwo konnte er etwas Ungewöhnliches entdecken. Schließlich stellte er den Motor ab und stieg aus. Die Krähen hoben sich jäh aus dem Gestrüpp und flogen krächzend über ihn hinweg in die Ebene hinaus.

Philander Dearborn stand unschlüssig am Wegrand. Was sollte er jetzt tun? Wenn er weiterfuhr, brachte ihn der Weg direkt zum Hof von Cornelius Malan. Wenn er diesen umgehen wollte und es diesen Kreuzweg tatsächlich gab, von dem die Alte gesprochen hatte, dann brauchte er mindestens eine Stunde, um zu Fuß bis zum Hof von Roos Malan zu gelangen. Hatte es überhaupt einen Sinn, allein dorthin zu gehen? Was wollte er dort? Würde er dort ein Geheimnis entdecken, das nur die Gebrüder Malan kannten, ein Geheimnis vielleicht, das Cornelius Malan zum Mörder seines Bruders gemacht hatte?

Dearborn überlegte hin und her, bevor er sich schließlich entschloß, wenigstens mal im Dickicht nach dem Anfang des Kreuzwegs zu suchen. Er steckte den Autoschlüssel ein, schob beide Hände in die Taschen seines Regenmantels und ging den Wegrand entlang. Dann suchte er im Gestrüpp herum, fand aber nichts anderes als die blanken Skelettstücke eines Wildkaninchens. Schon wollte Dearborn die Suche aufgeben, als er im kahlen Geäst etwas sah, was er zuerst für einen Grabstein hielt.

Mit einem ziemlich flauen Gefühl im Magen ging Dearborn darauf zu, und nachdem er einige Äste beiseite geschoben hatte, konnte er erkennen, daß es sich bei dem grauen Steingebilde um eine halbzerfallene Station des Kreuzweges handelte. Das Ganze sah aus wie eine Miniaturkapelle auf einem Sockel, der aus grobbehauenen Quadersteinen gebaut war, mit Moos und Flechten behangen. Die kleine Kapelle, die offenbar einmal ein Gemälde enthalten hatte, war von tiefen Rissen durchzogen. Es sah alles danach aus, als hätte jemand versucht, die Station mit heftigen Schlägen – vielleicht mit der stumpfen Seite einer Axt – zu zertrümmern. Vom Gemälde waren nur noch Farbsplitter übrig, aber in einem kleinen Halter brannte eine Kerze. Wachs lief über die Steine herunter und formte knorpelige, immer länger werdende Zapfen. Daß hier eine

Kerze brannte, überraschte Dearborn. Dann konnte es nicht lange her sein, seit jemand hier gewesen und sie angezündet hatte. Auf dem Boden aber gab es nicht die geringsten Fußabdrücke. Wer immer auch hier gewesen war, er mußte sich Mühe gegeben haben, sanft aufzutreten, um im feuchten Boden keine Spuren zu hinterlassen.

Dearborn war so in seine Gedanken versunken, daß er furchtbar erschrak, als hinter ihm ein leises Rascheln ertönte. Er fuhr herum und griff nach seiner Dienstwaffe.

Nichts rührte sich. Niemand war zu sehen. Nur hauchdünne Nebelschleier zogen lautlos durch das kahle Gestrüpp.

»Ist da jemand?« fragte Dearborn.

Niemand gab ihm Antwort. Er konnte keinen Laut mehr vernehmen. Schließlich war er davon überzeugt, daß keine Menschenseele in der Nähe sein konnte.

Er richtete sich auf, um nach der nächsten Station des Kreuzweges Ausschau zu halten. In diesem Moment drehte der Anlasser des Wolseley. Der Motor sprang an und heulte auf, als ob jemand das Gaspedal bis zum Anschlag durchgedrückt hätte.

Dearborn stand einen Augenblick wie gelähmt da. Dann besann er sich seiner Pflicht, zerrte umständlich seine Dienstpistole aus der Manteltasche und hastete durch das Gestrüpp zum Weg zurück. Er blieb dabei einigemale mit dem Mantel an Ästen hängen und riß sich die Stirn auf, ohne daß er es bemerkte. Als er den Wegrand erreichte, blieb er jäh stehen. Der schwarze Wolseley drehte sich heulend um die eigene Achse. Dreck spritzte von den durchdrehenden Hinterrädern und klatschte gegen Dearborn, der sein Gesicht unwillkürlich mit einem Arm zu schützen suchte, während er die Hand mit der Pistole ausstreckte. Aber er schoß nicht, denn er fand kein Ziel. Niemand saß am Steuer, das sich wie von unsichtbarer Hand geführt drehte.

Der Motor heulte noch einmal auf, der Wagen federte durch und fuhr plötzlich hart an und raste schlingernd den Feldweg hinunter. Jetzt konnte Dearborn auf der Fahrerseite eine schwarze Kapuze sehen.

»Der Mönch«, entfuhr es Dearborn, und er vergaß, daß er ja eigentlich eine Pistole in der Hand hatte. Ungläubig starrte er hinter dem Wagen her, und als ihm seine Dienstwaffe wieder einfiel, war es zu spät. Der Wagen war hinter einer Bodenwelle verschwunden. Dort, wo der Boden trokken war, breiteten sich Staubschleier über der Ebene aus. Noch für eine Weile konnte Dearborn den Motor hören, aber dann war es wieder so still, daß er nur noch seinen eigenen Herzschlag vernahm.

Er drehte sich um. Niemand war da. Keine Menschenseele. Nie im Leben hatte sich Philander Dearborn einsamer gefühlt als in diesem Moment. Er ging zu der kleinen Bank beim Holzkreuz und ließ sich darauf nieder. Er versuchte, kühl über seine Situation nachzudenken, aber das gelang ihm nicht. Er wäre am liebsten zur Hauptstraße zurückgegangen. Dort hätte ihn jemand zurück ins Dorf fahren können. Da er aber nicht zum Gespött seiner Untergebenen werden wollte, redete er sich eine Weile Mut zu. Schließlich rang er sich zur Entscheidung durch, genau dort weiterzumachen, wo er aufgehört hatte. Er steckte seine Pistole ein und ging zur Station zurück. Es dauerte eine Weile, bis er im Gestrüpp die zweite Station entdeckte, etwa dreihundert Meter von der ersten entfernt. Auch dort brannte eine Kerze.

Der Mann kam aus dem Wald und übers Feld. Er trug klobige Lederschuhe und einen schäbigen schwarzen Mantel, der ihm bis über die Knie reichte. Sein Gesicht war von Bartstoppeln bedeckt, und er hatte einen grünen Rucksack auf dem Rücken, der nahezu leer schien.

Cornelius Malan sah den Mann sofort, und wie immer,

wenn ein Fremder in seiner Nähe auftauchte, wurde er mißtrauisch. Er hielt in seiner Arbeit inne, legte die Axt weg, mit der er einen Zaunpfosten zugespitzt hatte, und richtete sich auf.

Der Mann, der aus dem Wald kam, hielt kurz an und ließ seinen Blick über die Ebene schweifen. Dann nahm er seine Schildmütze vom Kopf, fuhr sich mit den Fingern durch das ungekämmte Haar und kam geradewegs auf Cornelius Malan zu.

»Tag«, sagte er und blieb beim Zaun stehen.

Cornelius Malan erwiderte den Gruß nicht. Aber er musterte den Mann von Kopf bis Fuß, bis er sich gewiß war, daß er es tatsächlich mit einem Tagelöhner zu tun hatte. Dieser ließ die Musterung gleichgültig über sich ergehen. Schließlich grinste er schief.

»Jemand sagte mir, daß es hier auf der Ebene vielleicht Arbeit gibt«, sagte er.

»Was für Arbeit?« brummte Cornelius Malan.

»Zäune flicken, zum Beispiel.«

»Arbeit, die ich selbst verrichten kann«, entgegnete Malan abweisend.

»Ich arbeite um Essen und ein Dach überm Kopf«, sagte der Fremde. »Es sind schlechte Zeiten. Seit vier Wochen suche ich herum, aber es gibt keine Arbeit. Dabei habe ich Kraft wie ein Ochse. Und mir ist jede Arbeit recht.«

Cornelius Malan nahm die Unterlippe zwischen die Zähne. Der Fremde sah tatsächlich kräftig aus. Er war ein stämmiger Mann, so gegen die dreißig, mit Händen, die zweifellos zupacken konnten. Und er wollte fast gratis arbeiten, nur um Kost und Logis. Ein solches Angebot war nicht zu übertreffen. Tatsächlich gab es nach dem Tod von Roos Arbeiten zu erledigen, die er gut diesem Tagelöhner hätte auftragen können.

»Wie heißt du?« fragte Cornelius Malan deshalb.

»Amos«, sagte der Mann. »Amos Butts.«

Malan lauschte dem Namen nach, als hätte dieser einen verdächtigen Klang an sich. Aber er konnte sich nicht entsinnen, irgendwann schon einmal den Namen Butts gehört zu haben. Überzeugt davon, daß den Schnarchsäcken von Scotland Yard oder vom Finanzamt kein solch phantasievoller Mummenschanz einfallen würde, nahm er Amos Butts auf.

»Es gibt Bestimmungen auf meinem Hof«, warnte er allerdings, bevor Butts den Rucksack abnehmen konnte. »Tagelöhner arbeiten vom Tagesanbruch an, bis es Nacht wird. Mittags ist eine halbe Stunde Pause. Wem das nicht paßt, der kann gehen. Schlafgelegenheit gibt es im Schuppen und sonst nirgendwo.« Cornelius Malan tippte dem Mann gegen die Brust. »Und für mich, mein Freund, hat ein Tagelöhner keine Augen, keinen Mund und keine Ohren, wenn du verstehst, was ich damit meine. Was immer auch auf dem Hof vorgeht, du kümmerst dich einen Dreck darum. Ist das klar?«

»Absolut.«

»Dann könnte es sein, daß ich dir einen Auftrag gebe, der eigentlich nicht zur normalen Arbeit eines Tagelöhners gehört.«

»Hm, ich stelle keine Fragen, Sir«, entgegnete der Fremde. »Und wie ich schon sagte, mir ist keine Arbeit zu gering.«

»Könnte sein, daß sie bei Dunkelheit erledigt werden muß«, sagte Cornelius Malan und ließ den Tagelöhner keine Sekunde aus den Augen. »Klar?« fragte er, als dieser mit keiner Wimper zuckte.

»Absolut«, wiederholte Amos Butts.

»Gut. Dann kannst du mir gleich mit dem Zaun helfen. Die nächsten drei Pfähle sind morsch geworden. Der Boden ist hier in der Senke die meiste Zeit feucht.«

Malan nahm die Axt zur Hand und fing wieder an zu arbeiten, ohne sich weiter um Amos Butts zu kümmern.

Amos Butts ließ den Rucksack vom Rücken gleiten, warf ihn achtlos zu Boden und zog den Mantel aus. Er trug einen grauen löcherigen Rollkragenpullover, und ein rotes Halstuch kam zum Vorschein. Er schob die Ärmel des Pullovers zurück, spuckte in die Hände und griff nach dem Vorschlaghammer. Wenn Cornelius Malan besser achtgegeben hätte, wäre ihm aufgefallen, daß Amos Butts keine Schwielen an den Händen hatte und daß seine Fingernägel sorgfältig geschnitten und gefeilt waren.

6. Kapitel
Dearborn ist verschollen

Die Nachricht, daß Kriminalinspektor Philander Dearborn nicht nur überfällig war, sondern verschollen schien, erreichte Leon Gonsalez, als es dunkel war.

Manfred befand sich außer Haus, und Leon war gerade dabei, den Astern in der chinesischen Vase Wasser zu geben, als das Telefon klingelte. Roos war dran, und zwar nicht der Tote, sondern Peter Roos von Scotland Yard.

»Dearborn ist verschollen«, sagte er in einem Tonfall, als hätte er die Hoffnung längst aufgegeben, seinen Vorgesetzten jemals lebend wiederzusehen.

Im ersten Moment wollte Leon lachen, aber dann fiel ihm ein, daß Beamte von Scotland Yard nur selten scherzten, wenn es um Leben und Tod ging. »Sie meinen, Ihr Vorgesetzter ist überfällig?« sagte Leon deshalb äußerst ernst.

»Überfällig? Mr. Gonsalez, er ist spurlos verschwunden. Niemand weiß etwas von ihm. Zuletzt ist er in Oxfordshire gesehen worden, als er mit einer alten Frau sprach, die Mattie heißt. Die Leute behaupten, die Alte sei verrückt und wahrscheinlich sogar vom Teufel besessen, und früher, da hätte man sie auf dem Scheiterhaufen verbrannt. Ich habe zwei Beamte nach Oxfordshire geschickt und erhielt eben die Auskunft, daß von Snake-Eye ...« Peter Roos brach ab und verbesserte sich sofort, »... daß von Inspektor Dearborn keine Spur zu finden ist.«

»Wo haben denn die beiden Beamten gesucht?«

»Überall.«

»Auf dem Malan-Hof?«

»Auf beiden Malan-Höfen.«

»Und sein Wagen?«

»Nichts. Auch der Wagen ist spurlos verschwunden. Dabei darf ich bemerken, daß es sich um einen brandneuen Wolseley handelt, der noch keine fünftausend Meilen drauf hat!«

»Ich hoffe, er ist nicht damit zum Fischen nach Schottland gefahren, mein Lieber«, meinte Leon trocken. »Well, ich weiß beim besten Willen nicht, wie ich Ihnen helfen könnte. Kein Mensch verschwindet heutzutage spurlos, schon gar nicht in einem Nest wie Oxfordshire. Ich kann mir eigentlich nur denken, daß Dearborn woanders hingefahren ist. Vielleicht ist er auf Umwegen zurückgefahren und trifft jede Minute im Yard ein.«

»Sie glauben also nicht, daß ihm dort draußen etwas zugestoßen sein könnte?«

Leon zögerte mit der Antwort. Was sollte er Roos sagen? Daß alles möglich sein konnte. Ein Unglück. Ein Mord.

»Ich kann mir nicht vorstellen, daß irgend etwas Schlimmes passiert ist«, sagte er schließlich. »Ein Unfall wäre wohl längst gemeldet worden. Aber, wie ich schon sagte, vielleicht trifft er bald wohlbehalten bei Ihnen ein und lacht über Ihre unbegründete Besorgnis.«

»Dann wollen Sie nichts unternehmen?«

»Was sollte ich unternehmen? Erstens sind wir eine private Detektivagentur, mit keineswegs *so* freundschaftlichen Beziehungen zum Yard, und zweitens habe ich Dearborn zuvor gewarnt, leichtsinnig Kopf und Kragen zu riskieren.«

»Sie glauben also doch, daß er in Gefahr ist?«

»Es könnte sein, mein Lieber.«

»Zum Teufel, warum machen Sie mir keinen konkreten Vorschlag, Gonsalez. Sagen Sie mir, was ich tun soll! Ich sitze hier wie auf glühenden Kohlen. Soll ich nach Oxfordshire hinausfahren und mich persönlich um die Angelegenheit kümmern?«

»Das wäre ziemlich kühn, mein Lieber, gleichzeitig aber auch ziemlich idiotisch. Warum lassen Sie sich aus der Kantine nicht einen Tee servieren und versuchen, sich in Geduld zu üben?«

»Weil das genau das Falsche sein könnte. Vielleicht braucht Snake-Eye Hilfe.«

»Und was glauben Sie, was er dazu sagen würde, wenn Sie ihm dort draußen ins Gehege kämen? Vielleicht ist er nahe daran, etwas herauszufinden, was zur Aufklärung des Falles beitragen könnte. Nein, mein Lieber, an Ihrer Stelle würde ich Ruhe bewahren und warten, bis er zurückkommt.«

»Es ist jetzt schon nach acht Uhr. Schichtwechsel war vor einer Stunde. Normalerweise müßte er sich längst gemeldet haben.«

Leon sagte nichts darauf. Für einige Sekunden blieb es still in der Leitung. Dann seufzte Peter Roos und sagte, daß er bis Mitternacht warten würde. »Wenn er bis dann noch nicht zurück ist, schlage ich Alarm und lasse eine Hundertschaft ausrücken.«

»Rufen Sie mich bitte vorher an«, empfahl Leon, aber das hörte Peter Roos vielleicht schon nicht mehr. Leon legte auf, lehnte sich im Stuhl zurück und schloß die Augen. Er versuchte, sich Gründe dafür auszudenken, daß Dearborn Oxfordshire und die unmittelbare Umgebung verlassen haben könnte, ohne sein Büro zu benachrichtigen. Es gab keinen, der ihm einfiel. Entweder war etwas passiert, oder Dearborn befand sich doch auf dem Rückweg und war irgendwo in einem Restaurant eingekehrt. Dies allerdings hielt Leon für fast ausgeschlossen, denn für einen Beamten von Scotland Yard geziemte es sich nicht, während der Dienstzeit einzukehren. Und daß er noch schnell seine Frau besuchte, von der er getrennt lebte, glaubte Leon auch nicht.

Er war noch immer mit seinen Gedanken beschäftigt, als

die Türglocke läutete. Er erhob sich und ging die Treppe hinunter. Bevor er die Tür öffnete, blickte er vorsichtshalber durch das Guckloch. Er sah nichts. Jemand hielt das Guckloch mit der Hand zu, und es blieb Leon nichts anderes übrig, als aufzumachen. Draußen, im leichten Nieselregen, stand Leonora Malan in Begleitung eines jüngeren Mannes, den Leon noch nie zuvor gesehen hatte.

»Sie hier zu sehen, hätte ich zuletzt erwartet«, sagte er und bot Leonora an, einzutreten. »Dazu noch in Begleitung von Mr. Jones, wenn ich mich nicht irre.«

Leon irrte sich nicht. Der Begleiter Leonoras war jener Mann, dem Cornelius Malan die Pest an den Hals wünschte. Und Leon stellte fest, daß ihm Jones vom ersten Augenblick an keine Sympathien abgewinnen konnte.

Er war ein etwa dreißigjähriger, hagerer Mann mit unregelmäßigen Gesichtszügen und unruhig flackernden Augen. Leonora stellte ihn als Vorarbeiter und Vertrauten ihres Onkels Roos vor, aber zur Zeit war Jones aus bekannten Gründen ohne Arbeitsplatz.

»Es gibt zwar auf dem Hof von Onkel Roos eine Menge zu tun«, sagte Leonora, »aber Onkel Cornelius will Mr. Jones keine Anstellung geben. Er hat ihm sogar verboten, noch einmal Malan-Land zu betreten.«

Leon war nicht sicher, ob dies Cornelius Malan übelzunehmen war, denn Jones erschien ihm nicht gerade als ein Mann, auf den Verlaß war. Leon führte beide die Treppe hoch in den Salon, wo Leonora auf einem Stuhl Platz nahm, während es sich Jones auf der Armlehne des Sofas bequem zu machen versuchte. Leonora wirkte nervös, wischte sich mit einer fahrigen Handbewegung ein paar Haarsträhnen aus dem Gesicht und erzählte ihm dann, daß Cornelius ihr verboten hätte, den Hof zu verlassen. »Er hat mir sogar verboten, auch nur aus dem Haus zu gehen, es sei denn, um im Stall die Kühe zu melken oder um unseren Tagelöhnern das Essen zu bringen.«

»Trotzdem sind Sie offenbar wohlbehalten hier angelangt«, wandte Leon kühl ein.

»Das habe ich Mr. Jones zu danken«, sagte sie schnell. »Er hat mir Mut gemacht. Er hat gesagt, daß es notwendig ist, mit Ihnen zu reden. Da bin ich davongelaufen, als dazu eine günstige Gelegenheit war. Mr. Gonsalez, wahrscheinlich können Sie mir nicht helfen, aber Mr. Jones bestand darauf, daß ich Sie aufsuche.« Sie streifte Jones mit einem vertrauensvollen Blick, bevor sie fortfuhr. »Sie vertrauen mir nicht ganz, nicht wahr, Mr. Gonsalez? Nun, ich gebe zu, daß alles ziemlich unglaubwürdig und vielleicht sogar verworren klingen mag, aber – wie eine Ertrinkende – greife ich nach diesem Strohhalm, und . . .«

»In diesem Fall ein recht strapazierfähiger Strohhalm«, unterbrach sie Leon lächelnd. »Wissen Sie, daß heute nachmittag ein Beamter von Scotland Yard im Gebiet von Oxfordshire spurlos verschwunden ist?«

Die Überraschung in Leonoras Gesicht war echt. Leon beobachtete Jones aus dem Augenwinkel. Der Mann öffnete erstaunt den Mund, schien etwas sagen zu wollen, fand aber offenbar keine Worte. Falls er tatsächlich etwas mit dem Verschwinden Dearborns zu tun hatte, dann war er ein ausgezeichneter Schauspieler.

»Mir ist nur bekannt, daß Onkel Cornelius heute einen neuen Tagelöhner eingestellt hat«, sagte Leonora. »Ein ziemlich finster aussehender Mann, dem ich nicht über den Weg traue.«

Jetzt räusperte sich Jones. »Wenn Sie mich fragen, Mr. Gonsalez, dann halte ich es für töricht, wenn sich Leonora weiterhin der Willkür ihres Onkels aussetzt. Ich glaube, Leonora sollte nicht mehr auf den Hof zurückkehren. Es geschehen dort Dinge, die uns allen eine Warnung sein sollen.«

»Sie meinen damit wohl das langsame Sterben von Roos Malan?«

»Ja. Aber auch sonst. Es geht um viel Geld. Achtzigtausend Pfund sollte Leonora bekommen. Das Geld war da, bevor der Alte starb, das weiß ich gewiß.« Jones wandte sich an das Mädchen. »Zeig ihm das Testament!«

Sie nickte und öffnete mit einem leichten Seufzer ihre Handtasche, nahm mechanisch ein silbernes Zigarettenetui heraus, steckte es aber hastig wieder weg und schnappte die Tasche energisch wieder zu. Leon schob ihr die Dose mit den Zigaretten hin.

»Sie kannten ja auch Onkel Roos, nicht wahr. Auf jeden Fall hat er oft genug von Ihnen gesprochen . . .«

»Und in wenig schmeichelhafter Weise, nehme ich an«, warf Leon ein.

Sie nickte wieder. »Er wußte, daß Sie ein . . . Mann vom Finanzamt sind.«

»Ich bin ein Detektiv«, verbesserte Leon. »Aber ich gebe gern zu, daß mich damals die Finanzbehörde um einen Gefallen bat. Wissen Sie, Leonora, ich verabscheue eigentlich Leute sehr, die wie diebische Eltern auf einem zusammengeklauten Vermögen sitzen und nicht einmal ihre Steuern entrichten. Ich halte dies nicht nur für unverschämt, sondern auch für ziemlich rücksichtslos.«

»So ist Onkel Roos nie gewesen. Er tat nur immer, was Onkel Cornelius von ihm verlangte, auch wenn es nicht recht war.«

»Das muß ich unbedingt bestätigten«, sagte Jones, wich aber dabei Leons Blick aus. »Er muß unter diesen Umständen sehr gelitten haben.«

»Daran ist er aber nicht gestorben«, sagte Leonora, und jetzt klang ihre Stimme schneidend.

»Bis jetzt wurde nur festgestellt, daß Ihr Onkel an einer rätselhaften Krankheit, die zu Herzversagen führte, gestorben ist«, sagte Leon.

»Er wurde vergiftet«, widersprach Leonora.

»Dafür gibt es leider nicht den geringsten Beweis.«

Sie nickte heftiger als zuvor. »Noch nicht. Aber Onkel Cornelius weiß, daß ich aufpasse. Er weiß, daß ich ihm nicht traue. Er ist vorsichtig, aber ich bin sicher, daß er sich fürchtet. Ich bin sogar sicher, daß er nachts kaum mehr ein Auge zumacht.«

»Warum zeigst du ihm nicht das Testament«, sagte Jones ungeduldig, aber sie beachtete ihn nicht. Sie holte nur tief Luft.

»Onkel Roos war wirklich nicht so schlecht, wie Sie annehmen, Mr. Gonsalez. Er war allerdings schrecklich genau, geizte mit jedem Penny und machte einem das Leben oft recht schwer. Im Gegensatz zu Onkel Cornelius konnte er aber auch sehr nett und liebenswürdig sein. Er war es, der mich aufgenommen hat, als meine Mutter starb. Das war kurz nachdem sie von Afrika nach England übersiedelten. Meine Mutter war die einzige Schwester von Onkel Roos und Onkel Cornelius. Ich war damals noch keine zwei Jahre alt, und Onkel Roos war mir eigentlich mehr ein Vater als ein Onkel.« Leonora brach kurz ab und blickte auf ihre Hände nieder, in denen sie ein weißes Taschentuch zerknüllte. »Und jetzt komme ich mir ganz abscheulich vor, daß ich mir um sein Geld den Kopf zerbreche.«

»Das ist ja Unsinn«, fuhr Jones auf.

»Sie machen sich also Sorgen, daß sie keinen Penny aus dem Nachlaß Ihres Onkel erhalten?« fragte Leon.

»So ist es. Dabei hat er mir doch alles . . .«

»Warum zeigst du ihm denn nicht endlich das Testament«, forderte sie Jones noch einmal energisch auf.

Erneut öffnete sie die Handtasche, und diesmal nahm sie ein zusammengefaltetes Papier heraus.

»Bitte . . . hier ist die Abschrift.«

Leon nahm das Papier und überflog es kurz, denn es standen nicht mehr als ein paar Zeilen in holländischer Sprache drauf, mit denen Roos Malan sein ganzes Besitztum seiner Nichte Leonora Malan vermachte.

»Jeden Penny«, unterstrich Jones mit Befriedigung. »Leonora und ich, wir wollen zusammen etwas unternehmen. Geschäfte mit Grundstücken oder so.« Er grinste schief. »Leonoras Geld und mein Kopf! Sie verstehen doch, nicht wahr?«

Leon verstand nur zu gut. Jones gefiel ihm ganz und gar nicht. Er hatte die anzügliche Art eines Mannes, der es sich angewöhnt hatte, von anderen zu profitieren, ohne selbst etwas zu leisten.

»Würden Sie mir bitte erklären, woraus sich das Vermögen von Roos Malan ergeben soll«, forderte Leon das Mädchen auf. »Ich nehme nicht an, daß er seine Matratze mit Geldscheinen vollgestopft hatte.«

»Er besaß viel Bargeld, das er in einem Geldschrank aufbewahrte«, sagte Leonora.

»Und dieses Bargeld ist jetzt verschwunden?«

Sie schnitt eine unmutige Grimasse. »Die gesamte Erbschaft soll nach Onkel Cornelius nur aus dem Gut und den Möbeln bestehen. Im Gesamtwert von vielleicht zweitausend Pfund. Auf dem Grundstück und dem Gebäude lasten nämlich Hypotheken von weit über hunderttausend Pfund. Und dieses Geld, so behauptet Onkel Cornelius, stammt von ihm.«

»Eine Behauptung, die mir nicht so abwegig erscheint«, sagte Leon. »Es könnte doch gut sein, daß Roos Malan bei seinem Bruder verschuldet war.«

»Das ist unmöglich. Er muß reich gewesen sein. Er hatte Einkünfte von Geschäften in Südafrika.«

»Spekulationen?«

»Das weiß ich nicht genau. Ich habe mich nie dafür interessiert. Ich weiß nur, daß ihm alle drei Monate Bargeld ausgezahlt wurde, und ich habe oft genug gesehen, daß er viel Geld im Haus hatte.«

»Und das mit der Hypothek kann ich ganz leicht erklären«, begann Jones. »Die beiden alten Geizkragen wechselten untereinander Hypotheken aus, um sich vor der Steuer zu drücken. Das wissen Sie ja selbst am besten, nicht wahr?«

»War Ihnen vielleicht auch bekannt, daß Roos Malan ziemlich viel Bargeld im Haus versteckt haben mußte?« fragte Leon kühl zurück.

»Natürlich. Ich war lange genug bei ihm angestellt. Und als er krank wurde und sein Bruder darauf bestand, daß er auf dessen Hof umzog, da dachte ich schon, daß er irgend etwas im Schilde führte. Ein paar Tage später kam er und jagte mich zum Teufel. Ich ging zwar, aber ich kehrte zurück. Schon am nächsten Tag. Da habe ich alles durchsucht. Das ganze Haus vom Keller bis zum Boden. In einer Ecke des Kellers ist eine Stahlkammer eingebaut. Ich habe die Tür aufbrechen müssen, fand aber darin nicht einen einzigen Penny.«

»Sie meinen, Roos Malan hatte einen Geldschrank im Keller?«

»So ungefähr. Die Malans haben eine Vorliebe für Stahlkammern und Geldschränke. Ich weiß auch, wo Cornelius seinen hat. Er hat natürlich keine Ahnung, daß ich dahintergekommen bin, aber wenn er Leonora übers Ohr hauen will, wird er mich kennenlernen!«

Das junge Mädchen schien durch die eifrige Parteinahme ihres Begleiters etwas verlegen. Die Freundschaft machte überhaupt einen sehr einseitigen Eindruck. Leon wurde die Empfindung nicht los, als ob der Gedanke »etwas zusammen zu unternehmen« hauptsächlich von Jones stammte.

Wie Jones erzählte, hatte keiner der Brüder Bankkonten. Obwohl sie intensiv, aber vorsichtig mit südafrikanischen Werten spekulierten, zahlten sie ausnahmslos in bar und bestanden auf gleicher Bezahlungsart an sie selbst.

»Die beiden alten Knauser lagen sich ständig mit den Finanzämtern in den Haaren. Nach dem Krieg haben sie alle möglichen Tricks gebraucht, um sich vor den Steuern zu drücken. Sie trauten keiner Bank, weil sie überzeugt waren, daß die Banken den Finanzämtern gegenüber nicht dichthalten.«

»Sie gestatten mir die Bemerkung, daß ich mich sehr über Ihr Wissen wundere, Mr. Jones«, sagte Leon, und hätte Jones ein Ohr dafür gehabt, der spöttische Tonfall in Leons Stimme wäre ihm kaum entgangen. So aber lächelte er nur etwas verlegen und sagte, daß er im Interesse von Leonora auf eigene Faust ein paar Nachforschungen angestellt hätte.

»Man wird mir das doch nicht übelnehmen wollen«, schloß er leicht gekränkt. »Ich habe es nur für Leonora getan.«

»Und ohne daß ich Mr. Jones darum gebeten hätte«, erklärte Leonora sofort. »Bitte glauben Sie mir, die ganze Angelegenheit ist mir unangenehm. Am liebsten würde ich weggehen, irgendwohin, wo ich nie mehr von Onkel Cornelius höre. Aber ich habe keinen Penny Geld, und ich kenne niemanden auf der Welt.«

»Ich glaube nicht, daß ich Ihnen da helfen kann, Miß Malan«, sagte Leon. »Solange es nicht einmal sicher ist, daß Roos Malan umgebracht wurde, so lange ist niemand berechtigt, Ihrem Onkel Cornelius auf die Finger zu sehen.«

»Und was ist mit dem verschwundenen Inspektor?« fragte Jones.

»Vermutlich wird er wieder auftauchen«, sagte Leon.

»Ich hoffe, Sie irren sich da nicht, Mr. Gonsalez. Wenn er dort draußen verschwunden ist, könnte es gut sein, daß ihn Cornelius Malan beseitigt hat.«

»Und wie sollte er es fertiggebracht haben, einen ausgewachsenen Scotland-Yard-Inspektor mitsamt seinem Dienstwagen spurlos verschwinden zu lassen?«

»Möglich ist das schon. Nicht wahr, Leonora? Es geschehen die seltsamsten Dinge dort draußen.«

Leonora nickte. »Er hat recht, Mr. Gonsalez. Die Leute sagen zwar, daß die Gegend verhext ist, aber das ist auch nur Aberglaube. Wenn der Inspektor verschwunden ist, dann muß Onkel Cornelius ihn beim Schnüffeln erwischt haben.«

»Und wo könnte er ihn Ihrer Meinung nach haben verschwinden lassen?«

»In den Sumpflöchern des Muswell Marsh. Da ist ein kleines Ried hinter dem Forst. Es gehört zwar nicht zum Land der Malans, aber es führt ein alter Karrenweg dorthin.«

»Well, ich werde Ihren Verdacht an Kommissar Peter Roos von Scotland Yard weitergeben, Miß Malan.«

Sie hob den Blick. »Eigentlich wußte ich, daß Sie mir nicht helfen können«, sagte sie leise. »Und beinahe wünsche ich, ich wäre nicht hierhergekommen. Das Vermögen meines Onkels Roos ist nicht da, und wir wissen nicht einmal sicher, ob es überhaupt noch existiert. Mir macht das, ehrlich gesagt, nicht soviel aus ... Ich kann arbeiten. Ich habe Stenographie und Schreibmaschine gelernt und auf dem Gut noch tüchtig geübt, da ich Onkels ganze Korrespondenz erledigen mußte.«

»Hat sich denn Onkel Roos nicht gesträubt, seinen eigenen Hof zu verlassen und zu seinem Bruder zu ziehen?«

»Er war schwer krank«, gab sie zu bedenken.

»Wenn ihn Cornelius vergiftet haben soll, dann muß er seinen Bruder schon vorher Tag für Tag aufgesucht haben.«

»Das tat er auch. Sie trafen sich jeden Abend, die beiden alten Gauner«, sagte Jones. »Mr. Gonsalez, wir sind voller Hoffnung hierhergekommen. Sagen Sie uns bitte nicht, daß Sie nichts unternehmen werden.«

Leon überlegte geraume Zeit.

»Ich will Ihnen gegenüber ganz offen sein«, sagte er dann in die erwartungsvolle Stille hinein. »*Wenn* das Vermögen tatsächlich existiert, dann bin ich fest davon überzeugt, daß Cornelius Malan das Geld, das im Haus war, woanders untergebracht hat.«

»Genau, das denke ich auch«, rief Jones aufgebracht. »Ich habe ihn doch mit einem großen Lederkoffer aus dem Keller kommen sehen. Der alte Roos hatte die Angewohnheit, den Schlüssel der Stahlkammer unter seinem Kopfkissen aufzubewahren. Als ich das Haus durchsuchte, war der Schlüssel nicht mehr da. Später habe ich ihn auf dem Kaminsims in der Küche wiedergefunden.«

»Ich verspreche Ihnen, daß ich mich darum bemühen werde«, sagte Leon schließlich zu Leonora Malan. Dann erhob er sich und geleitete die späten Gäste hinunter zur Haustür. Als die beiden sich verabschiedeten, gelang es ihm, einige Augenblicke mit Miß Malan allein zu sprechen.

»Wer und was ist denn Jones?« fragte er leise.

Die Frage brachte sie etwas in Verlegenheit. »Wie ich schon sagte, er war Onkels Inspektor – er war mir gegenüber immer so nett . . . zu nett manchmal.«

Leon nickte verständnisvoll und fragte sie nach ihren weiteren Plänen. Wie sie sagte, wollte sie die Nacht in London verbringen, da sie Onkel Cornelius' Zorn fürchtete. Aber morgen würde sie wieder auf den Hof zurückkehren und ihm erklären, daß sie nur nach London gefahren sei, um nach Onkel Roos zu sehen, was sie übrigens für den nächsten Morgen geplant hatte. »Ich hoffe nur, Scotland Yard gibt den Leichnam des armen Mannes bald frei, damit wir ihn beerdigen können«, sagte sie, bevor sie sich abwandte und davonging.

Das alte Haus stand in einer Waldschneise. Es war klein, mit einem vorstehenden Giebeldach und einer Treppe, die zur Eingangstür hochführte. Der Garten sah ungepflegt aus. Ein verrosteter Traktor mit platten Stollenreifen stand schief unter einem abgestorbenen Baum. Ein großer Haufen Brennholz, der noch nicht in Scheite gespalten war, türmte sich an der Schmalseite des Hauses. Das Gatter eines Pferches war offen. Es gab hier keine Tiere mehr, und auch kein Mensch störte die geheimnisvolle Stille. Nur Dearborn war da, und er hatte ein flaues Gefühl in der Magengegend, während er im Gestrüpp stand und angespannt zu dem verlassenen Haus hinüberblickte.

Er hatte fast drei Stunden gebraucht, um hierher zu gelangen. Seine Füße brannten. Wahrscheinlich hatte er Blasen, von denen einige sogar aufgeplatzt sein mußten. Es war Mittag. Der Himmel hatte sich inzwischen ganz überzogen. Die Wolken trieben tief über dem Land hinweg. Es herrschte ein trübes Zwielicht, fast wie bei Hereinbruch der Abenddämmerung.

Dearborn beobachtete das Haus fast eine Viertelstunde lang, bevor er es schließlich wagte, den Schutz des Waldrandes zu verlassen. Er ging geradewegs auf die Haustür zu, die zu seiner Überraschung nicht abgeschlossen war.

Er öffnete die Tür langsam. Trotzdem gab sie ein langanhaltendes Ächzen von sich.

Im Haus war es nahezu dunkel. Die Fenster waren alle mit Vorhängen geschlossen. Muffige Feuchte nistete in den kleinen Räumen. Aber es war etwas anderes, was Dearborns Aufmerksamkeit weckte. Nichts, was er sehen konnte. Zuerst wußte er nicht, was es war. Irgend etwas stimmte nicht. Irgend etwas an diesem Haus störte ihn.

Und dann bemerkte er es. An der Wand eines Raumes, der wahrscheinlich Roos Malan als Wohnzimmer gedient hatte, hing eine Pendeluhr an der Wand. Sie tickte leise, und der Schwengel bewegte sich hin und her. Die Uhr zeigte fünf Minuten nach zwölf und stimmte somit mit der Armbanduhr überein, die Dearborn trug.

Da Dearborn kaum annahm, daß die Uhr länger als sechunddreißig Stunden lief, bevor man sie wieder aufziehen mußte, war er sich gewiß, daß jemand vor nicht allzulanger Zeit hiergewesen sein mußte. Dearborn ging zur Wand. Dort, auf dem Schranksims, fand er einen Schlüssel. Er steckte ihn in die Uhr und drehte ihn langsam und vorsichtig. Schon nach knapp viereinhalb Drehungen war die Feder des Uhrwerkes völlig gespannt.

Dearborn wollte den Schlüssel herausziehen und ihn zurück auf den Sims legen, als hinter ihm eine Stimme ertönte.

»Ich habe sie heute morgen in aller Frühe aufgezogen«, meinte jemand mit eisiger Stimme. Dearborn ließ die Hand langsam sinken, hütete sich aber davor, sie in die Manteltasche zu stecken. Langsam drehte er sich um. Vor ihm stand ein schlanker Mann, der einen Stadtanzug trug. Listige Augen musterten Dearborn mit unverhohlenem Spott.

»Guten Tag«, sagte Dearborn. Es klang nicht gerade glücklich.

»Jones«, sagte der Mann. »So nennt man mich.«

»Erfreut«, sagte Dearborn und ließ keinen Blick von der Pistole, die der Mann in der linken Hand hielt. »Sind Sie hier zu Hause?«

Der Mann lachte auf. »Das kann man schon sagen«, entgegnete er. »Seit der Hausherr tot ist, bin ich der einzige hier. Das ist, weil ich die Geister nicht fürchte. Alle anderen fürchten die Geister. Sonst wären sie längst hergekommen, von der Neugier getrieben.«

»Wer sind die anderen?« fragte Dearborn.

»Die Leute vom Dorf«, gab Jones zurück. Er zog die Oberlippe etwas hoch, so daß seine dünnen spitzen Zähne sichtbar wurden. Er hatte ein richtiges Rattengesicht, dieser Mann, und Dearborn fror bei dem Gedanken, daß er Jones auf Leben und Tod ausgeliefert war.

»Du bist vom Yard, nicht wahr?« fragte Jones, und jetzt glitzerten seine Äuglein tückisch.

Dearborn zog die Schultern etwas hoch. »Wir versuchen

den Tod von Roos Malan zu klären«, sagte er. »Deshalb bin ich hier.«

»Ich weiß. Aber niemand wird den Tod von Roos Malan klären. Schon gar nicht Scotland Yard. Los, Inspektor, dreh dich um und geh auf diese Tür zu. Aber schön langsam, wenn ich bitten darf. Und keine falschen Bewegungen. Die Pistole in meiner Hand könnte leicht losgehen.«

»Was . . . was wollen Sie von mir, Jones?«

»Ich will dich an einem sicheren Ort verwahren, Inspektorchen.«

»Warum denn diese Umstände? Was haben . . .«

»Zu deinem eigenen Schutz«, entgegnete Jones. »Wenn du mir nämlich noch einmal in die Quere kommen würdest, müßte ich dich umbringen.«

Dearborn hörte der Stimme an, daß Jones nicht scherzte. So gehorchte er dem Befehl. Er ging auf eine schmale Türöffnung zu, die hinaus in einen Bretterverschlag führte.

»Mach das Tor auf!« verlangte Jones.

Dearborn gehorchte. Obwohl es draußen düster war, blendete ihn das Tageslicht. Vor dem Tor, hart an der Bretterwand des Schuppens, führte eine Treppe zu einer Eisentür hinab, die sich in einer rechteckigen Vertiefung befand. Die Tür hatte schwere Eisenriegel und ein mächtiges altes Schloß.

»Mach auf!« befahl Jones hart. Dearborn griff nach einer Strebe und zog die schwere Tür auf. Vor ihm öffnete sich ein dunkles rechteckiges Loch, aus dem feuchte, kalte Luft drang und Dearborns Gesicht unangenehm berührte.

»Mr. Jones, was soll denn . . .« Dearborn kam nicht mehr weiter. Ein Schlag traf ihn von hinten in den Nacken. Er taumelte ein paar Schritte, versuchte, bei Besinnung zu bleiben und das Gleichgewicht zu wahren, aber seine Knie knickten unter ihm ein, und Inspektor Dearborn merkte nicht mehr, wie er mit dem Kopf hart auf den Betonboden eines Vorratskellers aufschlug.

7. Kapitel
Neal und Bud

Cornelius Malan hätte vor Wut platzen können, als er bemerkte, daß Leonora weggelaufen war. Er blieb die ganze Nacht wach, aber Brixton gab keinen Laut von sich. Am nächsten Morgen, noch bevor es richtig hell war, hielt er es nicht länger aus. Er fuhr ins Dorf und fragte überall nach Leonora und nach Jones, den er für den Anstifter hielt. Ohne ihn, so glaubte er, hätte Leonora es nie gewagt, sich unerlaubt vom Hof zu entfernen. Er fuhr mit seinem alten klapprigen Lieferwagen umher und fragte überall nach ihr. Aber die Leute wußten nichts. Im Tabakwarenladen von Frank Sibley erfuhr Malan, daß am Tag zuvor ein Mann, der zweifellos von Scotland Yard kam, nach dem Weg zum Hof von Roos gefragt hatte.

»Mattie redete mit ihm«, sagte Sibley hintergründig. »Vielleicht hat sie ihm von dem alten Kreuzweg erzählt.«

»Warum sollte sie ihm vom alten Kreuzweg erzählt haben?« knurrte Cornelius Malan.

»Weil das der einzige Weg zum Hof von Roos ist, auf dem man nicht an deinem Haus vorbeikommt.« Sibley verzog das hagere Gesicht zu einem schiefen Grinsen. »Könnte ja sein, daß Scotland Yard sich für das Zeug interessiert, das Roos hinterlassen hat, nicht?«

Cornelius Malan runzelte die Stirn.

»Was willst du damit sagen, Frank?« fragte er beinahe drohend.

»Hm, man hört allerhand im Laufe der Zeit, nicht wahr?«

»Zum Beispiel? Nur mit der Sprache heraus, verdammt!«

»Das Vermögen, zum Beispiel.«

»Welches Vermögen?«

»Das Geld. Es geht das Gerücht um, daß Roos Malan über eine ziemlich große Barschaft verfügte. Und da denke ich, daß sich das Finanzamt dafür interessiert, jetzt, wo Roos tot ist.«

»Der Teufel soll die Finanzbeamten holen!« stieß Cornelius Malan hervor. Dann stürmte er aus dem Laden, überquerte die Straße und kletterte in die Führerkabine seines Lieferwagens. Er fuhr die Straße hinunter bis zum alten Edwards-Haus, in dem Mattie und ihre jüngere Schwester Nancy wohnten. Dort hielt er an. Es war das erstemal seit mehr als dreißig Jahren, daß er sich nicht scheute, den beiden Schwestern einen Besuch abzustatten.

Er klopfte an die Tür. Es dauerte eine Weile, bis schlurfende Schritte ertönten. Es war Nancy. Er kannte ihre Schritte. Früher waren sie leicht gewsen. Fast geräuschlos.

Nancy war jetzt über sechzig Jahre alt, bis auf die Knochen ausgemergelt, mit einem mageren Gesicht und dunklen Augen, die in tiefen Höhlen lagen.

Sie machte die Tür nur einen Spalt auf, und als sie ihn erkannte, wollte sie sofort wieder zumachen. Cornelius Malan schob blitzschnell seinen Schuh zwischen Tür und Rahmen.

»Ich will nur wissen, was der Schnüffler von Mattie wollte«, stieß Cornelius Malan hart hervor.

»Ich weiß nicht, wovon du redest«, gab Nancy abweisend zurück. »Geh weg von hier, Cornelius Malan. Du bringst nichts als Unglück. Geh weg, und . . .«

»Schweig still!« fuhr er sie an. »Du weißt, daß Roos gestorben ist. Man versucht, mir dafür die Schuld zu geben. Jones hat das Gerücht verbreitet, daß ich Roos umgebracht hätte. Aber du weißt, daß ich dazu niemals fähig gewesen wäre.«

Nancy lachte schrill auf. »Nein, Cornelius Malan, ich

weiß nicht, daß es eine Greueltat gibt, zu der du nicht fähig wärest. Du bist zu allem fähig! Du hast uns Unglück gebracht, Mattie und mir. Seit dreißig Jahren bete ich, daß dich eines Tages die Hölle verschlingt, Cornelius Malan! Und jetzt ist es vielleicht soweit. Jetzt wirst du bestraft für alles, was du uns angetan hast. Jetzt wirst du . . .«

»Hör auf damit, Nancy! Sag mir lieber, wer der Mann war, der gestern morgen mit Mattie geredet hat.«

»Von Scotland Yard war er. Mehr weiß ich nicht. Aber wenn du Roos umgebracht hast, wirst du büßen müssen, Cornelius Malan. Man wird dich vor Gericht stellen und zum Tode verurteilen. Und dann wird man dich hängen.«

»Was wollte der Schnüffler? Hat er nach dem Kreuzweg gefragt?«

»Ja. Mattie hat ihm gesagt, wie er ungesehen zum Hof von Roos kommt.« Nancy lachte gehässig. »Ich bin sicher, daß er dorthin gegangen ist, und vielleicht hat er längst gefunden, wonach er sucht.«

»Es gibt nichts auf dem Hof. Ich habe alles weggeschafft, und niemand wird mir am Zeug flicken, Nancy, verlaß dich darauf.«

»Du entgehst der gerechten Strafe nicht, Cornelius Malan!« rief Nancy aus, und es klang wie der Bannfluch einer alten Hexe.

Cornelius Malan drehte sich schnell um und ging zu seinem Lieferwagen zurück. Die schrille Stimme Nancys holte ihn ein. »Hinweg mit dir, Cornelius Malan. Luzifer hat seine Krallenhand nach dir ausgestreckt. Du bist gezeichnet! Ich kann das Mal sehen! Jetzt entkommst du ihm nicht mehr!«

Cornelius Malan fuhr hart an, fuhr den Klapperkasten in eine Seitenstraße und wischte sich mit dem Handrücken den Schweiß von der Stirn. Er fuhr hinunter zur Hauptstraße, schwenkte in einen Feldweg ein, der zu seinem Haus führte. Er war sicher, daß der Mann, der am Tag zuvor mit Mattie geredet hatte, nur dieser Dearborn sein konnte, der Inspektor mit der Triefnase.

Poiccart wurde aus dem Schlaf gerissen, weil ihm ein gakkerndes Huhn ein Ei auf den Bauch legte. Als er sich aufrichtete, wurde das Huhn wütend und flatterte ihm mit den Krallen voran ins Gesicht. Poiccart, bis ins Mark seiner Knochen ein Stadtmensch, hatte alle Hände voll zu tun, das Huhn abzuwehren. Er brüllte dabei, verschluckte sich an Flaumfedern und erwischte schließlich das Huhn beim Hals. Mit einer wilden Bewegung warf er es von sich. Es flatterte aufgeregt gackernd durch das offene Schuppentor hinaus. Ein Hahn krähte, wütend über die Mißhandlung seiner Lieblingshenne.

Poiccart erinnerte sich nicht, jemals einen Tag auf ähnlich abenteuerliche Weise begonnen zu haben. Hier saß er nun, in einem kalten Schuppen, durch dessen Bretterwände der Wind fegte, Flaumfedern im Mund und ein frisches Ei auf dem Bauch.

Die beiden anderen Tagelöhner, die ebenfalls erwacht waren, starrten ihn an, als hätten sie Eintritt bezahlt. Und dann kicherte einer von ihnen so spöttisch, daß Poiccart spürte, wie seine Ohren heiß wurden. Der andere kroch aus seiner schmutzigen Decke und auf allen vieren herüber und nahm Poiccart das Ei vom Bauch. Er schlug es am Boden auf, entfernte vorsichtig ein paar Schalensplitter und schlürfte es genüßlich aus. Poiccart wurde es beim Zusehen beinahe übel. Er erhob sich und fühlte sich so schäbig wie schon lange nicht mehr, ungewaschen, mit einer schmerzenden Hüfte und einem steifen Rücken. »Wo kann man sich hier waschen?« fragte er.

»Brauchst du Wasser dazu?« fragte derjenige, der ihm das Ei geklaut hatte, und rieb sich mit den Fingern das stoppelbärtige Kinn. »Bud und ich, wir waschen uns nur einmal in der Woche mit Wasser.«

»Und die anderen Tage?« fragte Poiccart vorsichtig.

»Zeig es ihm, Bud«, sagte der eine zum anderen.

Bud blinzelte ein paarmal kräftig mit den Augen.

»Das genügt«, sagte der andere und stand auf. »Wenn du richtig blinzelst, fällt dir der Staub aus dem Gesicht.«

»Wo ich herkomme, wäscht man sich jeden Morgen«, sagte Poiccart. Er warf die Decken zurück, die über einem alten Laubsack lagen. Die beiden anderen beobachteten ihn argwöhnisch. Irgendwie war ihnen der Mann nicht geheuer, dem noch vor dem Frühstück ein Huhn nach dem Leben trachtete. Außerdem benahm er sich, als hätte er Manieren. Tagelöhner mit Manieren waren selten.

»Was tust du?« fragte der, der das Ei ausgeschlürft hatte.

»Ich mache meine Lagerstatt zurecht.«

»Ah. Warst du mal auf der Klosterschule oder vielleicht Soldat?«

»Ich hatte eine gute Mutter, die mir alles beigebracht hat.«

Die beiden wechselten Blicke, während Poiccart den Sack ausschüttelte. Er war mit dürren Blättern von Ahornbäumen gefüllt und roch nach feuchter Erde. Als der Sack schön flauschig war, erhob sich Poiccart.

»Wie heißt du?« fragte er den, der bis jetzt geredet hatte.

»Neal.«

Poiccart verzog sein Gesicht. »Und dein Freund Bud, der redet wohl nie?«

»Der kann nicht. Der ist stumm. Sein Pflegevater hat ihm die Zunge rausgeschnitten, als er noch ein Kind war. Weil er immerfort geredet hat. Immerfort, verstehst du. Andauernd. Ohne Pause. Da sind seinem Pflegevater die Nerven durchgegangen, und jetzt redet er nicht mehr. Aber er versteht alles. Und er ist gescheit. Bud, wieviel sind drei und vier?«

Bud hob sieben Finger.

»Na, was sagst du jetzt?«

»Genial.« Poiccart nickte anerkennend. »Sieben und sechs?« fragte er.

Bud nagte auf seiner Unterlippe, während er angestrengt überlegte. Nach etwa drei Minuten hob er die Finger beider Hände und dann noch den Daumen und den Zeigefinger seiner rechten Hand.

»Hm«, sagte Neal.

»Hervorragend«, nickte Poiccart.

»Falsch«, sagte Neal. »Sieben und sechs sind dreizehn.«

Poiccart hob die Schultern. »Auf einen mehr oder weniger kommt es ja nicht an, oder?« Er zeigte zum offenen Tor. »Es wird Tag. Vielleicht sollten wir zusehen, daß wir ein Frühstück kriegen.«

Poiccart verließ den Schuppen als erster. Draußen streckte er sich gebührend. Es war schon fast hell. Cornelius Malan kam über den Hof. Er hatte die Schrotflinte in den Händen.

»Ihr beide, ihr melkt die Kühe«, rief er und zeigte auf Bud und Neal. »Die Göre ist nicht hier. Frühstück gibt's keins.« Er wandte sich an Poiccart. »Du machst am Zaun weiter. Ich habe im Dorf zu tun. Bis Mittag bin ich wahrscheinlich zurück.« Er kam herüber. »Falls Jones auftaucht, sorgt dafür, daß er verschwindet.«

»Verschwindet?« fragte Neal. »Richtig verschwindet?«

»Ein für allemal«, stieß Malan heftig hervor. »Und keine Stümperarbeit mehr, zum Teufel, sonst ist heute der letzte Tag, an dem ihr auf meinem Hof freßt. Klar?«

»Absolut, Sir«, sagte Neal schnell. »Das wegen dem letztenmal, das war Pech. Bud hat . . .«

»Pech oder nicht, ich will, daß nichts schiefgeht.« Malan drehte sich auf dem Absatz seiner Klotzstiefel, ging zu seinem Lieferwagen und fuhr davon.

»Die Kleine ist durchgebrannt«, höhnte Neal.

»Mit Jones?« fragte Poiccart.

»Wahrscheinlich. Der Kerl läßt sie nicht mehr aus seinen Klauen, sag ich dir. Der will die Kleine und das Geld, das sie erben soll. Aber Malan macht ihnen einen Strich durch die Rechnung, glaub es mir.«

»Und was war damit, daß Bud Pech hatte?«

»Hm, nichts Besonderes. Dem wäre es beinahe gelungen, einen Schnüffler aufzuspießen. Mit der Heugabel. Er war aber zu aufgeregt. Zu hastig.«

»Hat ihm Malan den Auftrag gegeben?«

»Eigentlich nicht. Aber Bud hat einen scharfen Verstand, wie du ja inzwischen weißt. Ich meine, bis auf zehn genügt es. Es waren zwei Schnüffler. Einer von Scotland Yard und der andere vom Finanzamt oder so. Da dachte Bud, daß er Malan einen Gefallen tun könnte.«

»Aber er hatte Pech.«

»Und Glück. Denn wenn er ihn umgelegt hätte, wäre die Sache nur noch schlimmer geworden und ganz Scotland Yard hätte sich hier versammelt. He, das bringt mich auf einen Gedanken ... Weißt du, was ich geträumt habe?«

»Was?«

»Ich habe geträumt, du bist gar nicht einer von uns, sondern ein getarnter Schnüffler von der Stadt. Und alles war so echt, daß ich Blut geschwitzt habe. Und jetzt, wo ich dich so neugierig vor mir stehen sehe, da könnte ich mir denken, daß der Traum kein gewöhnlicher Traum war, sondern eine Warnung.«

Poiccart lächelte. Er blickte hinter dem Lieferwagen her, der draußen in der Ebene immer kleiner wurde.

»Du hast richtig geträumt, Neal«, sagte er schließlich. »Mein Name ist nicht Amos Butts. Ich bin Poiccart.«

Neals Augen weiteten sich ungläubig.

»Poiccart?« fragte er mit angehaltenem Atem.

Poiccart nickte. »Hast du schon einmal vom Silbernen Dreieck gehört, Neal?«

»Well, ich . . . zum Teufel, willst du damit sagen, daß du einer von diesen drei . . . wie nennt man sie noch . . .?«

»Die Drei Gerechten.«

»Teufel, jetzt wird mir alles klar. Du hast es auf Cornelius Malan abgesehen, und während du hier bist, macht sich Scotland Yard bereit für den großen Fang.«

»So ungefähr ist die Situation, Neal«, gab Poiccart zu. »Und weißt du, wen Bud mit der Heugabel beinahe umgebracht hätte?«

Neal holte seufzend Luft. »Keine Ahnung, aber als Malan davon erfuhr, ist er vor Schreck beinahe gestorben.«

»Meinen Freund und Partner, Leon Gonsalez.«

»Da . . . da . . . das ist . . . Ich meine, well, Bud hat natürlich nicht ernstlich auf ihn gezielt, sondern . . .«

»Du kennst ja den Ruf der Drei Gerechten, Neal«, sagte Poiccart ernst. »Nicht immer decken sich ihre Methoden der Verbrechensbekämpfung mit dem geltenden Recht. Und wer einem von ihnen nach dem Leben trachtet, der muß höllisch aufpassen, daß sie ihn nicht erwischen. Well, Neal, ich bin eigentlich hier, um dich und Bud zu bestrafen.« Ganz langsam glitt Poiccarts Hand in die Jackentasche. Bud und Neal starrten ihn entsetzt und voller Angst an.

»Und wenn wir versprechen, nie mehr zu versuchen, jemanden umzubringen?« stieß Neal hervor.

»Das genügt nicht.«

»Was dann? Was sollen wir tun?«

»Davonlaufen. Weggehen von hier. Weit weg. Vielleicht nach Schottland. Und zwar so schnell wie möglich. Und an eurer Stelle würde ich mich nicht mehr umdrehen, wenn ich einmal unterwegs wäre.«

Neal nickte. »Genau das werden wir tun«, sagte er schnell. »Keine Sorge, Mr. Poiccart. Uns hält hier nichts mehr. Malan bezahlt sowieso nicht genug. Obwohl er ein Vermögen versteckt hat.«

Poiccart wurde sofort stutzig, denn Neal schien etwas gutmachen zu wollen. »Hat er?« fragte er.

»Ja. Dort!« Neal zeigte über den Hof. »Dort drüben ist ein Brunnenschacht, der eigentlich kein Brunnenschacht mehr ist. Ich glaube, dort ist der Eingang zu einer unterirdischen Höhle. Malan hat den Schacht mit einer eisernen Falltür verschlossen.«

»Warst du einmal unten?«

»Nie. Er läßt niemand in die Nähe. Der Schacht ist genau vor seinem Schlafzimmerfenster, und außerdem kann man ihn von allen Seiten sehen. Und Brixtons Hütte ist dort. Die Kette, an der Brixton festgemacht ist, ist so lang, daß er notfalls bis zur Falltür laufen kann.«

Poiccart war zufrieden. Psychologisch betrachtet, hatte er Neal und Bud richtig eingeschätzt. Die beiden waren eigentlich harmlos, und jetzt hatten sie nur noch das eine Verlangen, ungeschoren davonzukomen. Poiccart tat ihnen gern den Gefallen, denn obwohl Bud versucht hatte, Leon Gonsalez mit der Heugabel umzubringen, war nichts Schlimmes passiert. Bevor Poiccart sie allerdings gehen ließ, empfahl er ihnen, die Kühe zu melken, sich aus der Vorratskammer mit genug Proviant einzudecken und mangels Bezahlung eines der stämmigen Ackerpferde mitzunehmen, das sie ein Stück weit reiten und später verkaufen konnten. »Und Brixton nehmt ihr besser auch gleich mit«, sagte Raymond Poiccart bestimmt.

Neal wagte es nicht zu widersprechen, und Bud konnte nicht, aber als sie schließlich zusammen auf dem schweren Ackergaul wegritten, winkten sie ihm zu, als wären sie aufgebrochen, um ein neues Land zu entdecken. Brixton folgte ihnen gehorsam. So schnell, das war absolut sicher, würden sie nicht mehr hierher zurückkehren.

Es war stockdunkel in der Kammer, in der Inspektor Philander Dearborn eingesperrt war. Nicht einmal ein einziger Schimmer drang von draußen herein, und die Luft war inzwischen so schlecht geworden, daß Dearborn fürchtete, demnächst zu ersticken.

Längst hatte er es aufgegeben, nach Hilfe zu rufen und gegen die Eisentür zu schlagen. Hier draußen, auf dem verlassenen Hof von Roos Malan, hörte ihn sowieso niemand. Außerdem schmerzte seine Kehle, und seine Kräfte ließen nach. Dearborn wußte nicht, wie lange er schon in dem finsteren Verließ eingesperrt war. Er konnte nicht einmal das Zifferblatt seiner Uhr erkennen, aber es schien ihm, als wäre eine Ewigkeit vergangen.

Er schätzte, daß inzwischen die Nacht vorbei war. Aber er konnte sich auch irren, denn er hatte den Sinn für die Zeit völlig verloren. Und manchmal überkam ihn ein Gefühl, als müsse er im nächsten Moment verzweifeln. Dann versuchte er sich zuzureden, ruhig zu bleiben und die Beherrschung nicht zu verlieren. Und da es in diesem Eisenkasten nicht nur stockdunkel war, sondern auch totenstill, war es gut, ab und zu die eigene Stimme zu hören.

Irgendwann fing er an, nur noch flach ein- und auszuatmen, um länger mit der Luft auszukommen, die ihm in diesem engen Raum zur Verfügung stand. Trotzdem spürte er bald, daß er nicht mehr genug Sauerstoff kriegte. Durch das beklemmende Gefühl, ersticken zu müssen, geriet er beinahe in Panik. Die Kehle schien ihm eng zu werden. In seinem Kopf entstand ein Druck, der dumpfe Schmerzen auslöste. Dearborn setzte sich auf den Boden. Er preßte beide Hände gegen die Schläfen, aber das Sausen in seinen Ohren wurde immer stärker.

Dearborn merkte, wie er schläfrig wurde. Eine bleierne Müdigkeit breitete sich in seinem Körper aus. Seine Glieder wurden so schwer, daß er kaum mehr die Hände hochbrachte, um sie gegen den Kopf zu legen.

Er versuchte, tiefer einzuatmen. Tief und regelmäßig. Der Druck in seinem Kopf ließ etwas nach. Da hörte er ein Geräusch. Irgendwo knarrten Bretter.

Dearborn stemmte sich hoch und lehnte sich gegen die kalte, glatte Eisenwand. Es gelang ihm nicht auszumachen, woher die Geräusche kamen. Er wußte nicht einmal mehr, wo oben und unten war. Aber er vernahm Geräusche, die wie gedämpfte Schritte klangen. Kam Jones zurück?

Dearborn ballte die Fäuste und hieb sie gegen die Eichentür. Dann lauschte er. Die Geräusche waren verstummt. Kein Laut war mehr zu hören.

»Hilfe!« schrie Dearborn in die Stille hinein. Seine Stimme dröhnte in seinem Kopf, aber es kam keine Antwort. In seiner Verzweiflung trommelte er mit beiden Fäusten gegen die Eisentür, bis die Haut über seinen Knöcheln aufplatzte.

8. Kapitel
Der geheimnisvolle Mr. Drake

Es gelang Leon Gonsalez, Kriminalunterkommissar Peter Roos davon abzuhalten, eine Großfahndung nach seinem Vorgesetzten einzuleiten. Leon fuhr deswegen extra zum Yard, wo er Roos in einem Zustand schlimmster Hilflosigkeit vorfand, nahe daran, mit dem Kopf gegen die Mauer zu laufen oder aus dem Fenster zu springen.

»Vergessen Sie nicht, Gonsalez, daß ich die ganze Verantwortung trage. Meine Karriere steht auf dem Spiel, ja sogar mein ganzes Leben. Denn was sollte ich tun, wenn ich aus dem Polizeidienst entlassen würde.«

»Vielleicht könnte ich meine beiden Partner dazu überreden, Sie in unseren Verein aufzunehmen, junger Freund«, sagte Leon lächelnd. Er hielt Peter Roos für einen ausgezeichneten Kriminalbeamten, der schon mehrmals Gelegenheit gehabt hatte, sein Können unter Beweis zu stellen. Roos war dynamisch, hatte einen ausgezeichnet funktionierenden Verstand und blieb auch dann kühl, wenn Dearborn in seinem Eifer eine Situation nicht mehr in den Griff kriegte. Jetzt war er jedoch völlig durcheinander. Noch nie war ihm etwas Ähnliches passiert, und er war sichtlich froh darüber, daß ihm Leon einen Besuch abstattete.

Leon erzählte ihm, daß Poiccart auf dem Hof von Cornelius Malan war, und zwar unter falschem Namen. Danach fühlte sich Peter Roos etwas besser, aber noch immer fand er hinter dem Schreibtisch keine Ruhe. Leon schlug ihm vor, doch mal gemeinsam im Leichenschauhaus nach dem Toten zu sehen und die Ärzte nach weiteren Testergebnissen zu fragen. Es schien, als hätte der junge Kriminalunterkommissar nur auf eine Gelegenheit gewartet, sein Office verlassen zu dürfen, um wenigstens für eine Weile auf andere Gedanken zu kommen.

Dr. Stevens war immer noch mit Roos Malan beschäftigt. Die Labortests hatten noch nichts Besonderes ergeben.

»Tut mir leid, Sie enttäuschen zu müssen, Gentlemen«, sagte der Arzt, der müde aussah und seine Hände an der Schürze abwischte. »Wir haben ihn gründlich untersucht. Bis jetzt ist kein Gift festgestellt worden. Ich habe vor einer Stunde mit Dr. Durand vom Pariser Laboratorium telefoniert. Wir haben ihm noch gestern Gewebe des Toten zukommen lassen. Auch Spezialtests, wie sie nur von Dr. Durand durchgeführt werden können, haben nichts ergeben.«

»Dann könnte es sein, daß Roos Malan doch eines natürlichen Todes gestorben ist?« fragte Peter Roos.

»Er hatte eine rätselhafte Krankheit, die er vielleicht in Afrika aufgelesen hat, ohne daß er es wußte. So was kann vorkommen. Die Krankheit hat sich in seinem Körper festgesetzt, ohne sich bemerkbar zu machen. Zehn, zwanzig oder dreißig Jahre lang. Wer weiß. Aber dann kam sie zum Ausbruch. Ganz langsam. Nichts Schlimmes vorerst. Kopfschmerzen. Nasenbluten. Unwohlsein. Verstärkter Haarausfall. Brüchige Fingernägel.« Dr. Stevens hob die Schultern. »Wir wissen von ähnlichen Fällen, für die es medizinisch keine Erklärung gibt.«

»Das würde heißen, daß Cornelius unschuldig ist und sich berechtigt fühlt, unsere Untersuchungen als einen Angriff auf sein Privatleben zu betrachten«, sagte Peter Roos und blickte dabei Leon an.

»Der Mann hat kein reines Gewissen, ob er seinen Bruder umgebracht hat oder nicht«, sagte Leon bestimmt. »Erstens betrügt er seit vielen Jahren die Finanzbehörden, und zweitens ließ er das Vermögen verschwinden, das Roos Malan seiner Nichte hinterlassen hat.«

»Niemand weiß, ob das Vermögen tatsächlich existiert«, wandte Peter Roos ein. »Wo ist eigentlich Leonora Malan jetzt? Und wer ist dieser Jones? Ich habe unsere Kartei durchgesehen, Jones fand ich zwar nicht, aber ich bin sicher, daß er kein unbeschriebenes Blatt ist.«

»Well, Gentlemen, lassen Sie mich weiterarbeiten«, sagte Dr. Stevens und widmete sich einem Gestell mit Reagenzgläsern.

Leon und Peter Roos verließen den Untersuchungsraum des Leichenschauhauses, und auf dem Weg zurück in sein Office erzählte der junge Kriminalbeamte Leon, daß Leonora Malan noch gestern abend gekommen war, um zu erfahren, wann denn endlich der Leichnam ihres Onkels freigegeben würde. »Sie scheint den alten Mann wirklich gemocht zu haben, nicht wahr?«

»So scheint es«, sagte Leon vage.

»Sie trauen ihr nicht?«

»Ich weiß nicht. Die ganze Sache ist ziemlich verworren. Ich weiß nicht, wem ich trauen soll und wem nicht. Aber ich bin auch der Meinung, daß man diesen Jones im Auge behalten sollte.«

»Wo ist er denn?« Peter Roos hob die Brauen. »Sie sind der einzige, der Gelegenheit hatte, ihn persönlich kennenzulernen.«

»Wobei es sich nicht gerade um ein Vergnügen handelte«, gestand Leon lächelnd. »Jones ist ein äußerst windiger Bursche.«

Peter Roos schüttelte den Kopf. »Wissen Sie, Gonsalez, ich werde einfach nicht klug aus Ihnen. Nie ist man sicher, ob Sie nicht mehr wissen, als Sie zugeben. Für Snake-Eye ist das meistens geradezu niederschmetternd.«

»Ich hoffe, Sie lassen sich dadurch weniger beirren als Ihr Vorgesetzter, junger Freund«, meinte Leon hintergründig. »In diesem Fall weiß ich nämlich tatsächlich weniger, als Sie vielleicht vermuten.«

»Ist das der Grund, warum ich Snake-Eye mehr Zeit lassen soll?«

»Nicht der einzige«, erwiderte Leon gelassen. »Aber ich glaube, daß wir ihm die Gelegenheit geben sollten, Scotland Yard wieder einmal zu Ruhm und Ehre zu verhelfen, nicht wahr?«

Peter Roos zog es vor, Leon darauf keine Antwort zu geben. Er wußte selbst, wie oft das Silberne Dreieck Scotland Yard um eine Nasenlänge voraus war.

Raymond Poiccart besah sich die eiserne Falltür tief im alten Brunnenschacht, die mit einem schweren Vorhängeschloß verriegelt war. Er überprüfte das Schloß, stellte aber nur fest, daß er es hätte aufbrechen müssen, um den Stahlriegel zurückschieben zu können. Poiccart verzichtete darauf und kletterte an den kleinen Eisenbügeln hoch, die in den Brunnenschacht einbetoniert waren.

Anschließend drang er mit Hilfe eines Dietrichs durch die Hintertür in das Wohnhaus ein, fand jedoch nirgendwo Unterlagen, durch die Cornelius Malan auch nur der geringste Steuerbetrug oder gar ein Mord hätte nachgewiesen werden können. Im Sterbezimmer war alles aufgeräumt, das Bett unbezogen und die Fensterläden geschlossen. Poiccart sah sich auch in Leonoras Zimmer um und im Schlafzimmer von Cornelius Malan. Fast zwei Stunden hielt er sich im Haus auf, bevor er sich entschloß, zum verlassenen Hof von Roos Malan zu gehen und dort seine Suche fortzusetzen.

Dies war zwar ein nicht besonders langer Fußmarsch, aber Poiccart kam bei dem Aufstieg zum Hügelrücken trotzdem außer Atem. Er war es nicht mehr gewohnt, weitere Strecken zu gehen, außer vom kleinen Haus an der Curzon Street zum Blumenladen oder zur Lebensmittelhandlung, und die befanden sich beide an der nächsten Straßenecke.

Von der Anhöhe aus hatte er einen guten Überblick über das karge Land, das sich um ihn herum ausbreitete. Nur gegen Nordwesten hin versperrte ihm ein Wald die Sicht in die Ferne. Und in einer engen Schneise konnte er das alte Gebäude sehen, in dem Roos Malan gewohnt hatte, seit er aus Afrika nach England übersiedelt war.

Aus der Ferne sah das Haus klein aus, mit einem moosbewachsenen Giebeldach und weißen Mauern. Nirgendwo in der Umgebung des Hauses konnte Poiccart eine Bewegung entdecken. Das Land war wie ausgestorben, grau, ungastlich, mit alten, halbzerfallenen Zäunen und verwilderten Feldern.

Die beiden Radfurchen des alten Karrenweges führten schräg zum Abhang hinunter in eine Senke und an einem schilfbewachsenen Tümpel vorbei zum Waldrand.

Poiccart folgte dem Weg. Es war schon ziemlich spät am Vormittag, als er endlich das alte Haus erreichte. Zuerst setzte er sich draußen auf eine Holzbank und verschnaufte. Es war niemand hier. Poiccart fühlte sich nicht gerade wohl. Ländliche Gegenden waren ihm nicht mehr so vertraut wie früher. Zum letztenmal hatte er sich sozusagen in freier Natur aufgehalten, als es um den Fall mit dem Bilderrätsel ging. Und damals, er konnte sich gut erinnern, hätte ihn dieses ungewohnte Abenteuer leicht das Leben kosten können.

Nachdem er sich etwas besser fühlte, erhob er sich und versuchte die Vordertür. Sie war nicht verriegelt, das Schloß kaputt. Er trat in den düsteren Flur. Nichts rührte sich. In diesem Haus hielten sich offenbar nicht einmal Ratten auf.

Poiccart ging den Flur entlang, blieb vor einer Tür stehen und öffnete sie. Er warf einen kurzen Blick in die Küche, in der alles sorgfältig aufgeräumt war. Als er weiterging, knarrten Bodenbretter unter seinen Füßen. Erneut blieb er stehen. War da nicht ein leises Poltern, oder spielten ihm seine Nerven einen Streich? Er lauschte angestrengt. Nichts zu hören. Sekundenlang herrschte Stille. Aber dann vernahm er eine Stimme, die aus weiter Ferne zu kommen schien. Jemand rief um Hilfe.

Poiccart eilte zur Hintertür und öffnete sie. Sie führte hinaus in einen kleinen Schuppen. Sofort sah er die Eisentür, die mit zwei Riegeln verschlossen war, die beide Vorhängeschlösser hatten. Und von innen trommelte jemand verzweifelt gegen die Tür.

»Geduld!« rief Poiccart laut. »Bitte gedulden Sie sich. Ich werde versuchen, die Tür aufzumachen.«

Das Trommeln verstummte. Sekundenlang war nichts mehr zu hören. Dann ertönte eine Stimme, die Poiccart bekannt vorkam.

»Lieber Himmel, beeilen Sie sich!« rief ein Mann drängend.

Poiccart kniff die Augen etwas zusammen. »Dearborn?« fragte er ungläubig. »Sind Sie das, Inspektor?«

Er bekam keine Antwort mehr.

Poiccart zögerte diesmal nicht, die Schlösser aufzubrechen. Und als er die schwere Eisentür aufzog, taumelte ihm tatsächlich Inspektor Philander Dearborn entgegen. Wenn ihm Poiccart nicht Halt gegeben hätte, wäre er wahrscheinlich hingefallen.

»Gott sei Dank«, keuchte Dearborn. »Ich glaube, eine weitere Nacht da drin hätte ich nicht überstanden.«

»So sehen Sie aus, Dearborn«, sagte Poiccart. »Kommen Sie, ich bringe Sie ins Haus.«

Er mußte Dearborn stützen, da dieser völlig erschöpft war. Erst im Haus, als er sich auf einen Stuhl gesetzt hatte, ging es ihm allmählich etwas besser. Poiccart gab ihm ein Glas Wasser zu trinken. Dann berichtete ihm der Inspektor, was vorgefallen war. Poiccart traute seinen Ohren nicht, als ihm Dearborn erzählte, was er vom alten Kreuzweg erfahren hatte, vom Mönch, der hier herumgeistern sollte, und von Luzifer, der in der Gegend nach armen Seelen jagte. »Das ist natürlich alles Unsinn, aber den Kreuzweg gibt es tatsächlich. Ich suchte im Gestrüpp herum, bis ich die erste Station fand, und obwohl keine Menschenseele in der Nähe war, brannte dort eine Kerze.«

»Also doch Geister«, sagte Poiccart.

»Sparen Sie sich Ihr Gespött, Poiccart. Natürlich glaube ich nicht an Geister.« Dearborn trank noch einen Schluck. »Aber plötzlich fing der Motor meines Wolseley an zu laufen. Ich rannte zum Feldweg zurück, und da wurde ich beinahe vom eigenen Dienstwagen überfahren. Und kein Mensch saß am Steuer. Erst als der Wagen davonraste, sah ich von hinten eine Gestalt drin, die eine schwarze Kapuze trug.«

»Der Mönch!«

Dearborn seufzte. »Wer immer auch der Mönch ist, ich werde ihn wegen Diebstahls von Staatseigentum vor Gericht bringen, das steht fest.«

Dearborn erzählte, wie er dem Kreuzweg von Station zu Station gefolgt war, bis er schließlich das Haus hier fand, wo er dann von einem Mann überrascht wurde, der sich Jones nannte.

»Wie sieht er aus?«

»Wie einer, der mit allen Wassern gewaschen ist. Ein abgefeimter Galgenvogel, von dem anzunehmen ist, daß er schon einige Zeit hinter Gittern verbracht hat.«

»Und der hat Sie überwältigt und im alten Geldschrank eingesperrt?«

»Hätte ich mich zur Wehr gesetzt, ich bin sicher, daß ich jetzt nicht mehr am Leben wäre.«

»Glauben Sie, daß es sich bei Jones um den Mönch handelt?«

»Absolut. Ich bin auch überzeugt, daß er im Besitz meines Wagens ist. Der Teufel weiß, wohin er ihn gebracht hat, aber ich werde ihm diesbezüglich ein paar unangenehme Fragen stellen, sobald ich ihn erwische.«

»Und wie kommen Sie zu der Annahme, daß Sie ihn demnächst festnehmen können, Verehrtester?«

Dearborn runzelte die Stirn. »Betiteln *Sie* mich nicht auch noch mit diesem dämlichen ›Verehrtester‹, Poiccart! Es genügt schon, wenn ich mir das von Gonsalez gefallen lassen muß. Wo steckt der eigentlich? Meistens ist er es doch, der mir in die Quere kommt.«

»Wir bearbeiten die meisten Fälle zusammen, wie Sie ja wissen. Leon hat es vorgezogen, mir die Aufgabe zu überlassen, Cornelius Malan zu überführen.« Poiccart erhob sich und warf einen Blick aus dem Fenster. Zu seiner Überraschung sah er eine Gestalt, die etwa einen halben Kilometer entfernt über einen brachliegenden Acker gelaufen kam.

Poiccart pfiff leise durch die Zähne. »Wenn man vom Teufel redet, taucht er auch meistens schon auf«, sagte er. »Wir sollten vielleicht dieses Haus hier umgehend verlassen, Verehrtester. Der Mann, der uns besuchen will, ist meiner Meinung nach kein anderer als Cornelius Malan.«

Dearborn erhob sich sofort und kam zum Fenster.

»Das ist er!« stieß er hervor. »Kein Zweifel. Poiccart, das ist eine Gelegenheit, ihn auf der Stelle festzunehmen.«

»Ohne Grund? Nein, ich schlage vor, daß wir uns dünnmachen, Inspektor. Wahrscheinlich hat Malan im Dorf erfahren, daß Sie nach dem Hof von Roos gefragt haben. Kommen Sie!«

Poiccart packte den Inspektor am Ärmel und zog ihn mit sich. Sie verließen das Haus durch die Hintertür und liefen zum Waldrand hinüber. Dort schlugen sie sich durch die Büsche und versteckten sich hinter einem morschen Baumstamm. Wenn sie die Köpfe hoben, konnten sie das Haus durch das Astwerk hindurch sehen.

»Was haben Sie jetzt vor, Poiccart?« fragte der Inspektor, außer Atem von dem kurzen Lauf.

»Ich habe eine Idee«, gab Poiccart kühl zurück.

»Vielleicht bringen Sie es übers Herz, mich auch daran teilhaben zu lassen«, gab Dearborn scharf zurück. »Wir sitzen immerhin im gleichen Boot, oder?«

Poiccart lächelte. »Die Geschichte von Mr. Drake fällt mir ein, und ich überlege mir, ob es nicht an der Zeit ist, sie noch einmal anzuwenden.«

»Mr. Drake. Wer zum Teufel ist denn das?« Dearborn wurde immer aufgebrachter.

»Ein lieber alter Gegner von mir«, erklärte Poiccart gemächlich. »Seit zehn Jahren bekämpfen wir uns schon auf das schärfste. Er ist hinter eines meiner wichtigsten Geheimnisse gekommen, und ich lebe in so tödlicher Angst vor ihm, daß ich mich endlich dazu entschlossen habe, seiner unbequemen Tätigkeit ein Ende zu bereiten.«

Dearborn starrte Poiccart so verdutzt an, als zweifle er an dessen Verstand.

»Dort kommt er«, sagte Poiccart und zeigte durch das Geäst ins Land hinaus.

»Wer?« fragte Dearborn, obwohl er jetzt deutlich sehen konnte, daß es sich bei dem Mann, der kräftig ausschreitend auf das Haus zuging, um Cornelias Malan handelte. »Sagen Sie mir nur nicht, daß dieser brutale Klotz dort dieser Drake ist.«

»Nein. Der dort, das ist Cornelius Malan.«

Dearborn stieß den Atem scharf durch die Nase. »Sagen Sie mal, Poiccart, sind Sie hier draußen auf dem Land von einem Ackergaul getreten worden?«

»Keineswegs, Verehrtester. Drake existiert eigentlich gar nicht. Und trotzdem war er mir und meinen Partnern schon einmal von Nutzen.«

»Ich wäre Ihnen verbunden, wenn Sie etwas deutlicher werden könnten, Poiccart«, knurrte Dearborn leise. »Es geht ja schließlich auch um meine Gesundheit, nicht wahr?

Sehen Sie nur, dieser alte Gauner hat eine ausgewachsene Schrotflinte bei sich, und ich bin überzeugt, daß er nicht zögern würde, sie zu benützen.«

»Das ist anzunehmen«, gab Poiccart zu, während er beobachtete, wie Cornelius Malan die letzten paar Meter bis zum Haus zurücklegte und dann dahinter verschwand. »Jetzt geht er ins Haus. Und er wird die Tasse sehen, aus der Sie getrunken haben. Und die aufgebrochenen Schlösser am Geldschrank.«

»Ich hoffe, die Geschichte von diesem geheimnisvollen Mr. Drake taugt etwas, Poiccart, sonst könnte es nämlich sein, daß wir beide niemals das Ende erfahren.«

»Keine Sorge«, sagte Poiccart, und jetzt lächelte er.

Es war dunkel, als Poiccart und der Inspektor Oxfordshire erreichten. Während sich Snake-Eye im Gasthaus stärkte, telefonierte Poiccart nach Hause. Manfred meldete sich.

»Ich dachte, du bist mit deiner Überwachung beschäftigt«, sagte Poiccart.

»Und ich dachte, du bist beim Melken«, gab Manfred spöttisch zurück. »Was ist los, hat dir Malan schon gekündigt, oder hast du gar nicht erst eine Anstellung gekriegt, weil er dich für zu dämlich hielt?«

»Immerhin gelang es mir, drei Zaunpfähle zuzuspitzen, ohne mir mit der Axt ins Schienbein zu schlagen«, entgegnete Poiccart. »Hör mal, ist Leon da?«

»Moment, der ist eben vom Yard zurückgekehrt. Es scheint, daß sich Peter Roos nicht mehr länger besänftigen läßt. Demnächst will er mit einer Hundertschaft ausrücken und den Malan-Hof stürmen.«

»Das soll er gefälligst bleiben lassen, denn ich werde Cornelius Malan dazu bringen, noch vor Mitternacht die eiserne Falltür im Brunnenschacht zu öffnen.«

»Oh, das klingt direkt unheimlich. Dachte, daß es solche Sachen schon lange nicht mehr gibt; Brunnenschächte mit eisernen Falltüren und so.«

»Hier draußen gibt es sogar Mönche, die auf einem alten Kreuzweg herumgeistern und ab und zu Autos klauen. Krieg ich nun Leon an den Apparat? Ich telefoniere hier von einer öffentliche Zelle aus.«

Manfred übergab den Hörer Leon. Poiccart erzählte ihm schnell vom Pech Dearborns und von seiner Ansicht, Mr. Drake ins Spiel zu bringen. »Du erinnerst dich doch an den geheimnisvollen Mr. Drake, nicht wahr?«

»Haben wir ihn nicht schon einmal benutzt?« fragte Leon zurück.

»Allerdings«, gab Poiccart ernsthaft zu. »Aber diesmal wird er endgültig eines schaurigen Todes sterben.«

»Und deswegen rufst du uns an?«

»Weißt du zufällig, wo sich dieser Jones gegenwärtig aufhält?«

Leon erzählte Poiccart, daß ihn Jones zusammen mit Leonora besucht hatte. »Das war gestern. Leonora hat anschließend Scotland Yard aufgesucht, um sich nach dem Leichnam ihres Onkels zu erkundigen. Übrigens, Roos Malan fiel nicht einem Giftmord zum Opfer. Jedenfalls gelingt es den Ärzten nicht, Giftspuren festzustellen. Jones und Leonora sind seither nicht wieder aufgetaucht, und ich nehme an, daß sie inzwischen zum Hof zurückgefahren sind.«

»Mit was? Hat Jones denn ein Auto?«

»Ich habe nicht danach gefragt«, sagte Leon. »Warum? Du denkst doch nicht etwa . . .« Er brach ab. »Dearborns Dienstwagen! Raymond, das ist doch unmöglich. Er kann doch nicht so verwegen sein, einem Scotland-Yard-Inspektor den Dienstwagen zu klauen, um anschließend mit seiner Freundin in die Stadt zu fahren.«

»Warum denn nicht? Jones ist alles zuzutrauen. Frag nur Snake-Eye, wenn er mal wieder besserer Laune ist. Well, du weißt ja jetzt Bescheid. Halt bitte Peter Roos zurück. Sag ihm, daß alles in Ordnung ist und daß er seinen Vorgesetzten zurückkriegt.«

»Dem wird ein Stein vom Herz fallen«, gab Leon zurück. »Sonst noch was?«

»Die Adresse des Finanzbeamten, der in Oxfordshire wohnt. – Du hast ihn in deinen Akten aufgeführt, die du damals angelegt hast, als du Cornelius Malan auf den Zahn fühlen wolltest.«

»Baxter. James Baxter heißt er.« Leon gab ihm die Adresse durch. Kaum war er damit fertig, meldete sich das Fräulein vom Amt mit der Aufforderung, mehr Geld nachzuwerfen. Poiccart entschuldigte sich dafür, daß er kein Kleingeld mehr hatte, wurde aber sofort unterbrochen. Er hängte auf. Draußen wartete Dearborn im tiefsten Schatten eines Hauses. Es hatte zu regnen angefangen.

»Wohin jetzt?« fragte Dearborn mißmutig.

»Wir statten einem Mann einen kurzen Besuch ab, dem äußerst viel daran liegt, daß wir Cornelius Malan des Steuerbetruges überführen«, erklärte Poiccart, und er ging voran durch eine enge Gasse mit glitschigem Kopfsteinpflaster.

Dearborn beeilte sich, ihm zu folgen. »Drake?« fragte er, als er Poiccart eingeholt hatte.

»Wer?«

»Ist dieser Mann der geheimnisvolle Mr. Drake, zum Teufel?«

»Nein. Tut mir leid, Dearborn, aber Drake existiert tatsächlich nicht.«

Als sie von einer Häuserlücke aus die Hauptstraße überquerten, blieb Dearborn jäh stehen. Er zeigte hinter einer schwarzen Limousine her, die langsam durch den strömenden Regen fuhr.

»Da ... da ... das ist er!« rief er aus. »Das ist mein Dienstwagen!« Er wollte hinterherlaufen, aber Poiccart hielt ihn zurück.

»Lassen Sie ihn«, sagte er ruhig. »Sie kriegen den Wagen noch in dieser Nacht zurück, dafür garantiere ich.«

Dearborn holte tief Luft und blickte Poiccart von der Seite zweifelnd an. Schließlich folgte er ihm die Straße hinunter bis zu einem kleinen Haus mit ein paar erleuchteten Fenstern.

9. Kapitel
Der wirkliche Mr. Drake

Poiccart und Dearborn hatten im Haus des Steuerbeamten eine längere Unterredung. Der Beamte, ein Mann von ungefähr vierzig Jahren, mit einem hageren Gesicht und wachsamen Augen, hatte sich in Oxfordshire ein Haus gemietet, um die Malan-Brüder besser überwachen zu können. Leider aber war es ihm bisher nicht gelungen, ihnen irgendwelche Unregelmäßigkeiten nachzuweisen. So war er gern bereit, Poiccart alle gewünschten Auskünfte über die Malan-Brüder zu geben.

»Sie können sich denken, was ich mit diesen Menschen für Arbeit habe«, begann er. »Ihre Haupteinkünfte sind uns genau bekannt, vierteljährlich werden sie ihnen von Südafrika überwiesen, aber dann besitzen sie noch eine ganze Anzahl südafrikanischer Aktien, die wir nicht feststellen können. Wir wissen, daß die Dividendenzahlungen regelmäßig in bar transferiert werden. Die beiden Männer haben ganz zweifellos schon jahrelang die Steuerbehörde hintergangen, ohne daß es uns gelungen ist, ihnen etwas nachzuweisen.«

»Ich erinnere mich, daß sich sogar das Innenministerium darum bemüht hat«, sagte Poiccart. »Mein Partner, Mr. Gonsalez, versuchte damals, Cornelius Malan auf die Spur zu kommen. Leider ohne Erfolg.«

»Cornelius Malan ist ein aalglatter Betrüger. Das steht fest. So leicht gelingt es niemand, ihn in den Griff zu kriegen. Roos Malan galt nämlich als die Schwachstelle in diesem Zweiergespann. Wenn es gelungen wäre, einem von ihnen hinter die Schliche zu kommen, dann wäre dies der alte Roos gewesen. Jetzt bleibt uns nichts anderes mehr übrig, als darauf zu spekulieren, daß Cornelius Malan einen Fehler macht.«

»Da können Sie wahrscheinlich noch lange warten«, sagte Dearborn grimmig.

»In der Tat, Inspektor«, bestätigte der Beamte. »Sollte Cornelius Malan tatsächlich eine Buchhaltung führen, so hält er diese auf jeden Fall sorgfältig verborgen! Vor einigen Monaten hatten wir einen Detektiv damit beauftragt, und der ist immerhin hinter sein Versteck gekommen.«

»Der Brunnenschacht!« sagte Poiccart. »Ich habe davon erfahren.«

Der Beamte lächelte. »Klingt beinahe wie ein Schauermärchen, nicht wahr? Der Brunnenschacht ist halb verschüttet und ungefähr zwanzig Fuß tief. Darunter soll sich eine Höhlung im Fels befinden. Der alten Dorfchronik nach handelt es sich dabei um eine der vielen Höhlen, in denen sich Charles der Zweite verborgen haben soll. Ihr Vorhandensein ist seit Jahrhunderten bekannt. Cornelius Malan hat eine Falltür anbringen lassen, und da der Brunnenschacht direkt vor seinem Fenster liegt und jederzeit von ihm überwacht werden kann, ist diese Anlage sicherer als irgendein Geldschrank im Haus.«

»Und warum hat man nie diese Stahlkammer durchsucht?«

»Dazu hatten wir keine Berechtigung. Es ist schwierig, für ein solches Vorgehen einen Gerichtsbeschluß zu kriegen. Selbst zu einem Hausdurchsuchungsbefehl reichte es nicht. Unser Finanzamt hat noch niemals einen solchen durchgesetzt – mit Ausnahme einiger Fälle, wo die Staatsanwaltschaft darauf bestand.«

Poiccart lächelte. »Dann muß also doch Mr. Drake diese Angelegenheit in die Hände nehmen«, sagte er geheimnisvoll.

Der Beamte runzelte die Stirn. »Mr. Drake? – Ich verstehe Sie nicht.«

»Sie werden schon noch alles begreifen«, versprach Poiccart bedeutungsvoll und erhob sich vom Stuhl, der ihm angeboten worden war. »Wird es Ihnen etwas ausmachen, wenn wir uns Ihren Wagen für ein oder zwei Stunden ausleihen würden? Der Dienstwagen des Inspektors ist auf rätselhafte Weise abhanden gekommen.«

Dearborn senkte verlegen den Blick, und der Steuerbeamte, ein Mann, der wohl nicht viel davon hielt, persönliche Dinge auszuleihen, rieb sich den Nacken, bis er sich zu einem Entschluß durchrang. »Vielleicht könnte ich die Herrschaften begleiten«, sagte er. »Ich meine, daß diese Angelegenheit doch auch von uns mit größtem Interesse bedacht wird.« Er lächelte verlegen. »Ich verspreche Ihnen, mich gegebenenfalls zurückzuhalten und Ihnen keineswegs in die Arbeit zu pfuschen.«

Poiccart und Dearborn wechselten einige Blicke. Da Dearborn selbst keine Ahnung hatte, wie Poiccart Cornelius Malan überlisten wollte, hob er nur die Schultern. Ihm war alles egal. Hauptsache, er kriegte seinen Wolseley zurück, und zwar ohne Kratzer.

»Well?« fragte der Steuerbeamte ungeduldig.

Poiccart blickte ihn zweifelnd an. »Es kann sehr langweilig werden«, sagte er. »Der Inspektor und Sie werden kaum dazu kommen, irgend etwas anderes zu tun, als darauf zu warten, daß Mr. Drake mit Cornelius Malan fertig wird.«

»Und was tun Sie inzwischen?« fragte Dearborn sofort.

»Ich erzähle die Geschichte«, gab Poiccart hintergründig zurück.

»Die Geschichte?« fragte der Steuerbeamte. »Welche Geschichte?«

»Die von Mr. Drake.«

»Das versteh ich alles nicht«, gab der Steuerbeamte zu, freute sich aber, als Raymond Poiccart sich bereit erklärte, ihn mitzunehmen.

Leon war dabei, einen Bericht über die Londoner Unterwelt zu lesen, der im *Daily Megaphon* abgedruckt war, als das Telefon klingelte. Es war schon ziemlich spät in der Nacht. Leon befand sich allein im Haus, da Manfred noch auf einen Drink ausgegangen war, um Mrs. Tripplestick zu entgehen.

Leonora meldete sich. »Mr. Gonsalez, ich bin ganz verzweifelt«, begann sie sofort. »Jones hat mich allein gelassen.«

»Wo sind Sie denn gegenwärtig?« fragte Leon mißtrauisch zurück.

»Was weiß ich. In irgendeinem billigen Hotel. Ich weiß nicht, was ich tun soll. Jones hat gesagt, daß er bis Mitternacht zurück ist, und zwar mit dem Geld.«

»Mit dem Vermögen?«

»Ja. Er hat sich einen Revolver gekauft. Irgendwo in einer finsteren Hintergasse. Er sagte, er wollte Onkel Cornelius damit nur einschüchtern und ihn dazu bringen, die Eisentür im Brunnenschacht zu öffnen. Aber jetzt habe ich Angst, daß ein Unglück geschieht.«

»Sie meinen, daß Jones zum Hof zurückgefahren ist und dort Cornelius Malan umbringen wird?«

»Ich fürchte, daß es zum Streit kommen wird. Ich habe es mir hin und her überlegt, seit ich hier ganz allein bin. Ich kenne meinen Onkel gut genug. Er ist ein jähzorniger Mann, der sich niemals einschüchtern lassen würde, auch nicht von einer Waffe. Im Gegenteil, er würde seine Schrotflinte nehmen, glaube ich, und Jones einfach über den Haufen schießen.«

»Well, dann gibt es ja keinen Grund zur Panik, Miß Malan. Jones ist sicherlich nicht der Mann, um den Sie bangen sollten. Ich glaube vielmehr, daß Sie froh sein sollten, wenn Sie ihm nicht mehr begegnen müssen.«

»Mr. Gonsalez, er hat mir nie etwas Böses getan.«

»Trotzdem halte ich ihn für einen Taugenichts, Miß Malan, der es auf Ihr Geld abgesehen hat. Ich zweifle daran, daß er noch einmal auftauchen wird, so oder so. Ist er mit dem Wagen weggefahren?«

»Ja.«

»Wissen Sie, um was für eine Marke es sich dabei handelt?«

»Nein. Ich verstehe nichts von Automobilen, Mr. Gonsalez. Er überraschte mich nur, daß er so plötzlich diesen Wagen besaß. Er hätte ihn gemietet, sagte er.«

»Ist Ihnen denn nicht aufgefallen, daß es sich bei dem Wagen um ein Polizeiauto handelt, Miß Malan?«

Stille in der Leitung. Sekunden verstrichen. Dann seufzte Leonora. »Vielleicht hat Onkel Roos doch recht gehabt, wenn er sagte, daß ich mich vor Jones in acht nehmen soll«, sagte sie schließlich leise. »Wenn ich nur von hier weggehen könnte. Aber ich weiß nicht einmal, wo ich bin und wohin ich gehen könnte. Ich habe keinen Penny bei mir. Und man würde mich nicht gehen lassen, ohne daß ich die Zimmerrechnung bezahle.«

»Wie heißt denn das Hotel?«

»Castle Gate.«

»Gut. Bleiben Sie dort! Ich werde die Adresse herausfinden und Sie dann dort abholen. Sollte Jones zurückkehren, öffnen Sie ihm bitte nicht die Tür. Es könnte gut sein, daß er gefährlicher ist, als ich bis jetzt angenommen habe.«

»Sie meinen, er könnte versuchen, mich umzubringen?«

»Vielleicht hat er einen Fluchtplan, bei dem Sie überflüssig sind. Vielleicht wissen Sie zuviel über ihn, oder er will sich durch Sie nicht behindern lassen. Wer weiß. Auf jeden Fall, öffnen Sie ihm nicht!«

»Wann werden Sie hier sein?«

»Das kommt darauf an, wo sich dieses Hotel befindet. Rechnen Sie mit einer Stunde.«

»Das wäre dann nach Mitternacht.«

»Wahrscheinlich«, sagte Leon mit einem Blick auf die Uhr im Wohnzimmer, die zwanzig vor zwölf anzeigte.

Die Nacht war pechschwarz, und es regnete in Strömen, als der Steuerbeamte seinen kleinen Vauxhall anhielt.

Ganz langsam war er den Feldweg entlanggefahren, ohne Licht.

Jetzt befanden sie sich etwa zweihundert Meter vom Malan-Hof entfernt, aber Dearborn, der zwar furchtbare Schwierigkeiten mit seiner Nase hatte, besaß Augen wie ein Sperber. Er sah drüben, am Rande einer Mulde, dort, wo dichtes Gestrüpp wuchs, ein Auto stehen.

»Der Wolseley«, stieß er leise hervor. »Dieser Jones ist da.«

»Damit habe ich gerechnet«, entgegnete Poiccart. Er schlug den Kragen des alten, löcherigen Mantels hoch und zog seine Schildmütze in die Stirn. Als er nach dem Türgriff langte, fuhr Dearborn herum.

»Sie wollen doch nicht etwa allein dorthin gehen?« fragte er und deutete mit einer Kopfbewegung auf das finstere Haus, in dem nicht ein einziges Licht brannte.

»Keine Sorge, Verehrtester«, entgegnete Poiccart. »Mr. Drake wird auf mich aufpassen.«

Ohne sich weiter um Dearborn und den Steuerbeamten zu kümmern, stieg Poiccart aus. Der Regen peitschte ihm ins Gesicht. Er zog den Kopf zwischen die Schultern und ging geduckt am Wegrand entlang zum Haus. Die Tür war nicht abgeschlossen. So trat er ein. Es war überall dunkel, aber aus dem kleinen Wohnzimmer drang ein leises Stöhnen. Poiccart stieß die Tür auf, die nur angelehnt war. Ganz schwach konnte er in der Finsternis eine Gestalt sehen, die zusammengekrümmt auf dem Fußboden lag. Poiccart trat ein und kauerte bei der Gestalt nieder, bei der es sich um Cornelius Malan handelte. Jemand hatte ihn gefesselt und geknebelt. Er konnte nur leise stöhnende Laute von sich geben und sich kaum rühren. Aber er sah Poiccart, als sich dieser über ihn beugte.

»Mr. Malan, Sie sollten sich ruhig verhalten, wenn ich Sie losbinde«, sagte Raymond Poiccart eindringlich.

Cornelius Malan nickte heftig mit dem Kopf. Da nahm Poiccart ihm das große karierte Taschentuch ab, mit dem Malan geknebelt war.

Cornelius Malan holte zuerst kräftig Luft.

»Nimm mir die Fesseln ab!« verlangte er dann scharf. »Jones ist mit meinem ganzen Geld abgehauen.«

»Jones?« fragte Poiccart harmlos. »Sir, wenn Sie damit Neal meinen, dann irren Sie sich. Neal heißt nicht Jones. Neal heißt in Wirklichkeit Drake, und er ist – ein alter Feind von mir.«

»Verdammt, ich weiß nicht, wovon du redest, Butts. Nimm mir die Stricke ab. Sofort!«

»Jawohl, Sir. Aber zuerst will ich Ihnen etwas gestehen.«

»Was denn? Mach's kurz, zum Teufel!«

»Es geht um Drake.«

»Was ist mit ihm? Warum sind die beiden nicht da? Warum ist überhaupt niemand da?«

»Ich habe lange nach Drake gesucht, Sir. Schon vor zehn Jahren wollte ich ihn umbringen, aber damals ist mir das nicht gelungen.«

»Warum denn?« Cornelius Malan blickte Poiccart halb verärgert, halb verblüfft an. »Was habe ich damit zu tun?«

»Eigentlich nichts, Sir. Nur, ich habe Drake heute getötet.«

»Du hast was? Du hast einen meiner Tagelöhner getötet?«

»Erstochen – mit einem langen Dolch«, erklärte Raymond Poiccart ruhig. »Und Bud habe ich davongejagt.«

Cornelius Malan versuchte sich aufzurichten, aber das gelang ihm nicht.

»Binde mich los«, stieß er gepreßt hervor. »Los, Butts!«

»Sofort, Sir«, sagte Poiccart ehrerbietig, machte jedoch keine Anstalten, dem alten Gauner die Fesseln abzunehmen. »Ich will Ihnen nur sagen, daß ich ein schlechtes Gewissen habe. Ich dachte, es ist ganz leicht, Drake umzubringen, aber jetzt ist mir übel. Ich weiß, ich habe schlecht gehandelt, und ich werde mich der Polizei stellen.«

»Tu das, Butts. Aber zuerst bindest du mich los!«

»Ich will Ihnen keine Unannehmlichkeiten bereiten, Sir, deshalb sage ich Ihnen dies alles. Es ist meine Pflicht, denn wenn die Polizei kommt, ist es zu spät.«

»Was ist zu spät, verfluchter Kerl!« knurrte Cornelius Malan.

»Sir, ich habe den Leichnam auf Ihrem Gut verschwinden lassen.«

»Auf meinem Gut?« Cornelius Malan starrte ihn mit offenem Mund an. »Wo denn?«

Nicht ein Muskel rührte sich im schmalen Gesicht Poiccarts. »Ich habe ihn in den Brunnenschacht geworfen!« sagte er ruhig.

»Das . . . das ist eine verdammte Lüge!« keuchte Cornelius Malan. »Es ist ausgeschlossen, daß du die Falltür aufmachen konntest.«

Poiccart zog gleichgültig die Schultern hoch.

»Sie war offen«, sagte er. »Ich dachte zuerst, das ist ein gutes Versteck. Da habe ich den Ermordeten hinter der Eisentür hingelegt.«

Malans Lippen zuckten. Er strengte sich an, Ruhe zu bewahren.

»Nimm mir jetzt die Stricke ab, Butts«, verlangte er beinahe flehend.

»Sehr wohl, Sir«, sagte Poiccart. Er zog ein Taschenmesser aus dem Mantel und schnitt die dicken Hanfstricke durch.

Malan erhob sich sofort, stieß Poiccart brutal zur Seite

und stürmte aus dem Wohnzimmer. Er machte sich irgendwo zu schaffen, dann sah Poiccart ihn mit der Schrotflinte aus dem Haus stürzen.

Ein Schuß krachte draußen, und Raymond Poiccart hörte, wie ein Körper schwer zu Boden plumpste. Er wartete nicht mehr länger und sprang aus dem Haus.

Drüben beim Brunnenschacht tauchte eine schwarze Gestalt auf, die einen Kapuzenmantel trug. Poiccart nahm seine eigene Pistole zur Hand, die er die ganze Zeit unter dem Mantel im Hosenbund mit sich herumgetragen hatte. Er richtete sie auf die Gestalt.

»Halt, Jones!« rief er. »Ich bin Poiccart vom Silbernen Dreieck. Lassen Sie alles fallen und heben Sie die Hände!«

Jones blieb jäh stehen und drehte sich Poiccart zu. Er hatte eine Waffe in der Hand. In diesem Moment leuchteten die Scheinwerfer des Wagens auf, in dem Dearborn und der Steuerbeamte saßen. Das helle Licht überflutete den Hof. Poiccart sah Cornelius Malan in einer großen Regenpfütze liegen. Jones hatte eine Tasche bei sich.

»Versuchen Sie lieber nicht, mich aufzuhalten!« rief er mit schriller Stimme.

Dearborn stieg aus. »Jones, das Spiel ist aus!« sagte er scharf aus der Dunkelheit heraus. »Ich bin Inspektor Dearborn von Scotland Yard.«

Jones blickte sich gehetzt nach allen Seiten um. Er war grell vom Licht angstrahlt. Für einige Augenblicke sah es aus, als hätte er sich dafür entschieden, davonzulaufen. Aber dann fielen seine Schultern herab, und er ließ die Tasche und den Revolver fallen. Langsam hob er die Hände.

»Schade«, sagte er leise. »Fast wäre alles geglückt.«

»Fast«, entgegnete Poiccart kühl. »Wenn Malan tot ist, wird man Sie für den Mord mit dem Tod bestrafen, Jones.«

Da lachte Jones auf. »Sie glauben gar nicht, wie wenig mir das ausmacht, Poiccart. Lieber lasse ich mich aufhängen, als daß ich noch einmal nach Dartmoor zurückkehre. Und damit es das Gericht etwas leichter hat, gebe ich gerne zu, daß nicht dieser alte Geizkragen dort seinen Bruder umgebracht hat, sondern ich.«

»Mit Gift?«

»Rattengift!«

Poiccart lächelte. Er wußte, daß das eine Lüge war.

Die Drei Gerechten saßen länger beim Dinner als gewöhnlich. Poiccart war ganz wider seine Gewohnheiten redselig und gab sich, wie er eigentlich war.

»Selbstverständlich war es ein Zufall, daß Jones gerade in dem Augenblick aus dem Brunnenschacht kam, als Malan aus dem Haus stürzte. Aber ihr müßt doch zugeben, daß Dearborn und ich ganze Arbeit geleistet haben.«

»Vor allem Snake-Eye«, lächelte Manfred anzüglich. »Wozu hast du Malan überhaupt die Geschichte von Mr. Drake erzählt? Du hättest ihm ja einfach sagen können, daß sich Jones noch im Brunnenschacht aufhält.«

»Erstens wußte ich das nicht sicher, und zweitens wäre Malan dann vorsichtig geworden. Das wollte ich nicht, denn wäre es ihm gelunngen, Jones zu überraschen und vielleicht sogar zu töten, käme auch jetzt noch niemand dazu, das Versteck im Brunnenschacht zu durchsuchen.«

Leon wischte sich mit der Serviette den Mund ab.

»Und dann hätte das Finanzamt weiterhin Schwierigkeiten, von Malan Steuergeld zu kriegen, und Leonora Malan wäre noch lange keine reiche Frau.« Leon lächelte. »Eine merkwürdige Geschichte ist das schon, Raymond. Ich habe mir zwar gedacht, daß Jones unser Mann ist, aber ich erwartete eigentlich, daß er mit der Beute davonkommt.«

»Es war eine Sache von Minuten«, sagte Poiccart. »Wir kamen im letzten Moment.«

»Merkwürdig ist das alles«, grinste Manfred, »aber das merkwürdigste ist doch Jones' richtiger Name.«

Raymond Poiccart hob den Kopf. »Was willst du damit sagen?« fragte er neugierig. »Wie heißt er denn wirklich?«

»Drake«, entgegnete Manfred gelassen. »Peter Roos hat es uns vor einer halben Stunde telefonisch mitgeteilt. Er ist ein ehemaliger Dartmoor-Häftling.«

Poiccart lehnte sich in seinem Stuhl zurück und lächelte gedankenversunken. »Kein Wunder, daß die Geschichte so gut gepaßt hat«, sagte er, und in seinen Augen funkelte das Licht des Kronleuchters.

Edgar Wallace
speziell für
Kinder als Hörspiele 12 x
auf LP + MC vom
»Hexer bis zum Zinker«!
maritim
FOLGE 3
Edgar Wallace
DER HEXER
Kriminal-Hörspiel nach
dem berühmten Roman von
EDGAR
WALLACE
...für Kinder
EXCLUSIV
VON
maritim
Es ist unmöglich, von
Edgar Wallace nicht
gefesselt zu sein!
G+J
Ist die LP/MC im Handel vergriffen,
wenden Sie sich an: Gruner + Jahr AG & Co.,
Bereich Tonträger · Fontenay 11
Postfach 30 20 40 · 2 Hamburg 36